劍魂如初

字型設計：陳世川

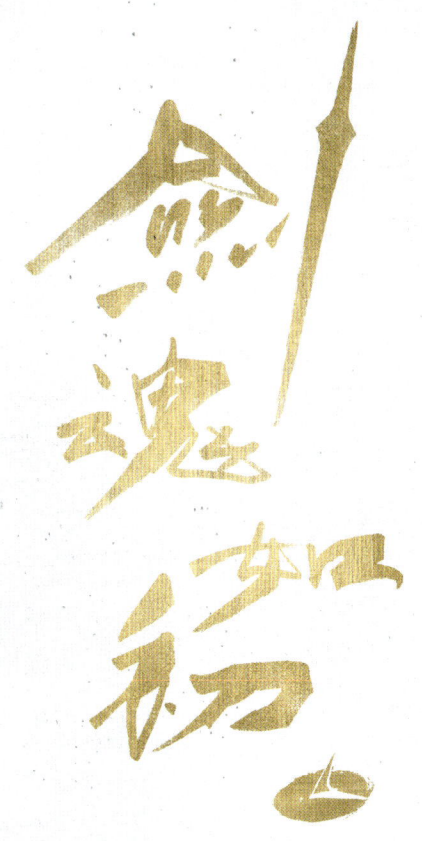

共此時
劍魂如初⑤
最終回
懷觀 著

目錄

她說過這些話：

「我相信因果。」

「我相信努力必然有收穫。」

「相信既然讓我們相遇，老天必然有祂的理由。」

而今，所有曾經堅定不移的信仰，一樁樁在她眼前崩解、毀滅。

清澈的水面映出她的倒影——披頭散髮，臉上帶了數條血痕，渾身上下沒有一處不沾泥灰。

眼神倒還算明亮，但若仔細看，便會發現眼底跳動著噬人的光……

那是見證過易子而食的亂世，眺望過人命如草芥的戰場後，才會擁有的目光。

她已經快認不出自己了。

而他，還能認出她來嗎？

1. 我願意

七天後，一個秋高氣爽的早晨，如初在床上睜開了眼睛。

眼前整片金燦燦的，她花了點時間適應，然後才意識到昨晚忘了拉窗簾，陽光透過窗前的樹，一點一點撒在她臉上。

以及，今天，她要結婚了。

不、這一定不是眞的。

如初翻個身，抱住毛毯，將頭埋在枕頭裡面，假裝自己從來沒醒過，繼續睡。然而貓的哈氣聲自門邊傳來，伴隨著滾動扭打以及不時咪咪嗚嗚喵喵喵。

嗯，前幾天喬巴的隔離期終於結束，一到家就跟黃上打了起來，今天化妝師來之前要記得把他們關進籠子裡……

是眞的，婚禮就在今天。

巨大的惶恐與喜悅同時襲上心頭，如初躺平了，抓起枕頭壓在臉上，才嗚咽了幾聲，就聽見頭頂上方有個聲音問：「怎麼哭了？」

枕頭被拿開，她的淚痕與鼻涕就這麼赤裸裸暴露在空氣中，而從上方俯瞰她的那張臉，在日光下容顏極盛，完美而毫無瑕疵……

如初舉起枕頭，壓住了蕭練的臉，抽抽鼻子悶聲說：「婚禮前你都不應該看到我，不吉利。」

他撥開枕頭，順手幫她將黏在臉上的頭髮也一併撥到耳後，低聲笑說：「我怎麼記得不吉利的只有不能看到妳的禮服，妳不打算穿身上這一套去結婚吧？」

廢話，這套是睡衣……等等，睡衣！

如初蹭地直起身，抓起毛毯將自己裹得嚴嚴實實。她正想開口要蕭練出去，他卻搶先一步，靠近她說：「初初，刑名跟王鉞離開了。」

「什麼意思？」如初茫然問。

「姜拓跟姜尋已經把他們的本體帶出境，丟到個很難走出來的沙漠，自生自滅。」蕭練輕描淡寫地說。

如初眼睛亮了起來：「我一輩子都不會再遇到他們？」

「總之，夠久了。」蕭練避開「一輩子」三字，淡淡回答。

如初歡呼一聲，隨即又有點洩氣地問：「那、姜尋不是就不能參加婚禮了？」

抱著她的手緊了緊，蕭練問：「他不來，妳很遺憾？」

「沒有『很』遺憾，但是、當然覺得可惜……」

他的雙眸幽黑，裡頭彷彿有藍色小火焰跳動。如初愣了一下，趕緊舉起右手，發誓似地說：

「不會，一點都不遺憾。」

蕭練動都不動一下，表情不變，繼續盯著她看。

不會是眞的吃醋了吧？

如初狐疑地回視，片刻後，蕭練眼神不變，嘴角卻微微上揚，顯然是笑容壓不下去了。

他故意的，在鬧她。

做出判斷後如初施施然站起身，一手撈住毛毯，一手抵在蕭練的胸膛，順利將他推到了窗邊。

「好消息收到，你可以出去了。」她打開窗，毫不猶豫地指著二樓的窗戶要他跳。

「還有一則，封狼說恭喜。」蕭練一腳踏在窗檯，扭過頭告訴如初。

化敵爲友總是好的，如初點頭稱謝後忽地想起，忙說：「我爸媽看過他！」

「放心，他絕對不會出現在婚禮上，別緊張。」蕭練笑出了聲。

是啊，她緊張了好多天，誰害的啊？

如初手掌一用力，將新郎推了出去。蕭練順著往後倒，化做一柄長劍，自窗戶斜飛向天空，瞬間消失在她的視野。

黃上最終還是打不過年輕力壯的喬巴，跑到如初腳旁邊打滾撒嬌，如初隨手撈起牠，拉開房門走下樓，習慣性探頭朝廚房喊：「媽，早安。」

應媽媽踩著拖鞋啪嗒啪嗒從客廳裡走出來，看見她後滿臉驚惶地問：「爲什麼披毛毯？妳感冒了？有沒有鼻塞？要不要吃藥？」

如初：「……」很好，緊張的絕對不只她一個。

半小時候，應家三口圍著餐桌，坐在平常的位子上，吃著跟平常一樣的蔬食三明治跟無糖豆漿。

應錚跟平常一樣，邊滑手機邊有一搭沒一搭地向家人轉播看到的新聞標題。應媽媽用說話來緩解心情，一會兒摸著頭問如初她頭髮挑染的那一撮會不會不自然，一會兒抱怨老公昨晚居然睡得著，還打呼。講著講著居然還盤算起前幾天趁大打折囤貨買的衣服，是不是先堆在女兒房間。

「妳以後要把我房間當儲藏室？」如初聽到最後一項，立刻抗議。

「妳的床不會動啦，其他地方就空間利用啊。」媽媽毫不在意地這麼答。

「那我回家就跟雜物睡一起？」如初已經可以想像大包小包堆滿地板，一路從床邊蔓延到門邊的盛況。

「妳也可以來我們臥室打地鋪。」媽媽建議。

「不要，我要跟以前一樣。」如初耍賴。

應錚從手機新聞裡抬起頭，對女兒說：「說什麼跟以前一樣。結完婚，妳就有妳自己的家。那個家妳也還是要顧，怎麼可能一天到晚回來住。」

「我不回來，不忘齋怎麼辦？」如初反問。

這是她一直掛在心上的問題，然而始終也沒找到好方法解決。

應徵頓了頓，若無其事地說：「前幾天房東來，跟我聊了一下，她說她兒子快結婚了，考慮租約到期收回去自己住，快的話明年這個時候，不忘齋就要關了。」

「怎麼會，她都租給我們快三十年了！」如初大驚，卻看到媽媽一副無可奈何的模樣，顯然，全家她最晚知情。

「天下沒有不散的宴席，房子是這樣，人也一樣。」應徵看著她，說：「要學會長大。」

最後這一句話，像開啓了水龍頭。化妝師領著團隊到來時，如初已經哭到眼睛腫成核桃狀，連鼻頭都通紅。應媽媽在旁邊急得團團轉，一下子罵老公講話不分場合，一下子罵如初笨，爲這種根本無法改變的事在婚禮當天哭……

「再笨我也是妳女兒。」如初仗著有外人在媽媽不會怎麼樣，一把抱住了母親。

「很像啊。我們結婚那天妳媽也是哭個烏煙瘴氣，哭到我頭都痛了。」應錚在一旁這麼幫腔。

這句充滿回憶的話，成功讓應家母女兩人停下感傷。如初驚訝地看著父母，應媽媽則瞇起眼、語氣不善地朝應錚問：「結婚一輩子的事，我哭兩聲還害你頭痛了？」

「不只兩聲，妳哭了兩個多小時好不好？拜別父母上了車就一直哭，我還把西裝背心插的那塊手帕都拿來給妳擤鼻子，忘掉了？」

配合著應錚講完，如初抽出一張面紙，用力將鼻子擤到通暢。

結婚還是有好處的，你看，不結婚的話，她永遠聽不到父母間這麼奇葩的對話。

身為新娘祕書，鏡重環組出了一個十人團隊，專門負責打點新娘及其家人。如初一開始覺得誇張，到了今天，她才覺得剛剛好。就算虛榮也認了，看著家人與自己被化妝師髮型設計師包圍的感覺，真的讓她好心安。

然而，當鏡子抱著禮服走進她房間時，如初終於焦慮大爆發。

「會不會穿不下？我感覺我最近又變胖……」塑身內衣讓她喘不過氣來，如初翻完床頭櫃抽屜改翻書桌抽屜，想找冷氣遙控器讓房間降溫。

「不會、不會，我看不出來妳有胖，當然衣服也能放，做的時候就有留空間。」重環疊聲安撫。

如初今天的表現，跟她心裡那個冷靜機敏的傳承者判若兩人。重環將禮服取出，用蒸氣熨斗仔細燙好後，見如初依舊滿屋子團團轉，忍不住加一句：「真胖太多我也可以幫妳切下一塊肉來，不用謝。」

如初：「……」

很好，她忽然間冷靜下來了。

在重環的幫助下，她順利穿上禮服，雪白的真絲布料順著身形而下，無一處不服貼。在攝影師的指揮之下，如初拎起裙襬轉了一圈，扭頭回望時在穿衣鏡裡看到裙襬上繡了一棵樹，外圍以壁畫裡的雲海紋飾環繞出一個盾牌的形狀，乍看像極了古代皇室的紋章。

「我後來覺得光一片葉子太單調了，乾脆用生命樹當主題，亂針繡喔，美吧！」鏡子雙手抱胸得意地這麼說。

很美，而且似曾相識。如初剛要進一步詢問，咚咚咚，化妝師敲門後探頭提醒，上妝前要先敷臉，時間緊湊，容不得拖延。

如初趕緊坐下來，讓人在她臉上塗塗抹抹。攝影師跑上跑下，捕捉畫面。兩隻貓早就進了貓籠，黃上一直不安分，一會兒喵喵大聲叫喚，一會兒抓門要人放牠出來，憑空製造出不少喧鬧。會吵鬧的沒闖禍，反倒是自始至終不聲不響的喬巴用爪子撥開貓籠溜了出來，等媽媽發現貓籠空了，全家翻遍，最後在客廳沙發底下深處找到，動用拖把後喬巴竄了出來，已變成一隻灰頭土臉的貓……

兵荒馬亂之中，男方的迎娶團隊到了。

造型師捧來一襲邊緣繡著雲朵的頭紗，幫如初戴上，重環捧著兩個大紙盒走了過來。她將紙盒放在桌上，掀起盒蓋，說：「最後一次機會，選定離手，沒有回頭路可以走。」

兩個盒子裡放了兩種風格截然不同的新娘捧花。一束是雪白的玫瑰搭配橢圓狀淺綠深綠的葉片，中間夾雜有屬於秋天的點點深紫色小漿果，看起來典雅美麗，符合節令；而另一束則完全由各種葉片組成，銘黃深紅墨綠咖啡，不像捧花，更像是要把滿山的紅杉林，縮小了放在手上。

如初站起來，面對兩束捧花，兩種截然不同的風格。鏡重環則奔到窗前，探頭往下看。

男方迎親的隊伍剛停好車，正紛紛推開車門走出來，重環誇張地喊：「啊啊，三劍都出動了，還拉了楚冑跟邊鐘……這幹麼，闖關遊戲？我後悔了，我要下去，這個陣容千年難遇，啊啊啊！」

重環一路尖叫奔下樓，不一會兒，造型師進來問如初要不要下去看，畢竟迎親闖關是婚禮流程中最歡樂的階段，她剛剛探頭下去，看到一排帥哥單手做伏地挺身，嘆爲觀止……

「妳去看，我想一個人待一下。」如初這麼回答。

新娘的意願表達得十分明顯，造型師於是提著化妝箱離開，出門時貼心地幫她關上了房門。

如初拉開抽屜，取出那片金色的青銅葉片，握著葉柄，輕輕旋轉。

心底莫名生出一股安心的感受，彷彿冥冥中有一個人，就站在她身旁，默默守護著她。

誰呢？

她抬起頭，在鏡子裡看到自己。

時間到了。如初毫不猶豫地拿起那束全是葉片的捧花，將青銅葉片插了進去，推開房門，走下樓梯。

下午三點半，新人雙雙抵達教堂。

婚禮在黃昏時刻開始，預計日落後結束。然而應媽媽在家幫忙蓋頭紗時，母女倆又哭成一團，因此一抵達教堂，鏡重環便力排萬難，將如初跟應媽媽塞進化妝室補妝。

坐在準備室，看著婚禮誓詞，如初心跳開始無限加速。

荒唐的畫面一幅幅出現在腦中——在紅毯上跌倒，忽然忘記誓詞，交換戴戒指的時候一失手，戒指落在地上然後一路滾，她跟在後面追，最後整個人跌進水溝……

打住，教堂裡沒有水溝。

有個人走進準備室，站在她身旁不遠處，低聲說：「如初。」

她轉過頭，透過頭紗，看到一個收了請帖卻未曾回覆，她也以爲不會來的人。

「鼎姐！」

如初下意識就要站起來，夏鼎鼎按下她，取出一個珠寶盒打開，微笑著說：「恭喜。」

盒子裡裝著一對玉環，每個玉環都由三節如羊脂般油潤的弧狀扁圓白玉組成，每節白玉的兩端以黃金鑲嵌，鏨刻出一對對展翅的鴛鴦，既雅致又富貴，充滿喜慶之意。

普通人大概會以爲是手鐲，但如初一看就知道，這是戴在手臂上的臂釧，從風格來看，最晚唐代。

「我想來想去，不知道送妳什麼好，後來想到，妳一定穿白，正好配這個。」

夏鼎鼎取出一只臂釧，扣在如初的左臂上，退後一步欣賞片刻，點點頭，說：「好看。」

她接著問：「這算有舊了，有新有借有藍？」

這是西方習俗，新娘身上要有來自家族親人留下的衣飾珠寶，象徵傳承。

如初點點頭，抖出一條小小的繡花手帕：「我今天才知道我媽出嫁的時候，哭濕了這條手帕。」

夾式的耳環跟承影借，頭紗上綴了一顆藍寶石，是含光送的禮物，原本她想著穿舊鞋算是自己的舊物，沒想到鼎姐居然帶給她古董飾品。

夏鼎鼎退後一步，低聲說：「妳準備吧，我去觀禮席了。」

「等下，鼎姐。」如初握住她的手：「妳會坐家長席吧？」

夏鼎鼎有一刻怔忪，問：「妳、不介意？」

如初搖頭：「妳能來，我眞的很高興。」

「……好。」

夏鼎鼎原本還想提一句關於預見畫的新進展，但與如初對視一眼，看著對方盛滿喜悅與不安的雙眸，夏鼎鼎立刻改變了心意。

歡娛在今夕，嬿婉及良時。人生總有幾個轉折點，未來過去均可拋，珍惜當下最爲緊要。而今日，就是新娘子最美的當下。

她握了握如初的手，轉身離開。

同一時間，祝九在教堂外閒晃時，正巧遇上應錚。

「伯父好。」祝九對他頷首致意。

眼前這人雖非傳承者，卻將自己斷成兩截的本體給接了回去。祝九對應錚有些好奇，而他感覺得出來，應錚對他也一樣。

「怎麼不來一起迎親？」應錚跟他打招呼。

祝九笑了笑，說：「體力不夠，不敢去。」

這當然是假話。在鏡子的主持之下，迎親男團每人都做了一百個伏地挺身。祝九並非做不出來，但對這種活動，比起被觀賞，他更樂意做壁上觀。

然而應錚似乎接受了這個答案，他的目光再次滑過祝九身上的玉飾，用一種閒話家常的語氣問：「你受過重傷？」

出過車禍是他人設的一部分，但祝九不確定應錚是否意有所指，也不敢怠慢。他收起笑容，謹慎地答：「死裡逃生過一次。」

「那就好好珍惜生命。」應錚果斷說：「看你們都好好的，我也很開心。」

教堂唱詩團的團員跑了過來，請新娘家長就定位，婚禮馬上就要開始，應錚朝祝九點了點頭，便轉身朝教堂裡走去。

一個矯健的身影翻過牆，落在祝九身邊，靠近他低聲問：「我們的身分他曉得？」

祝九嫌棄地看著一副健身房穿著的封狼，反問：「你不是不參加？」

「不參加，來送禮金。」封狼從懷裡取出厚厚一疊鈔票，祝九頓感無語。

「你的債我已經還了，我們不欠她什麼。」祝九皺著眉頭說。

「送禮，不是還債，你幫我找個紅包裝起來。」封狼頓了頓，又說：「我喜歡那位老先生剛剛講的話。」

腳步聲傳了過來，封狼將鈔票塞給祝九，翻身跳出教堂牆外。

祝九頭疼地看著手上一疊鈔票，邊鐘走了過來，瞥一眼後涼涼地說：「就我所知，人類的習慣，婚禮上收到了重金大禮，勢必得還。」

「我送我高興，不需要。」祝九反射性回答。

「喔，我還以爲你未雨綢繆，替自己未來的婚禮做打算。」

這句話調侃意味太過明顯，反正兩人原本就不熟，祝九乾脆假裝沒聽見，舉起腳正要離開，擦身而過時忽地一把將鈔票拍進邊鐘懷裡……

「幫個忙，找個紅封套裝好混著送出去。」

祝九說完，揚長而去。邊鐘站在原地愣了半晌，才忽地暴起：「我幹麼幫你？你就不擔心我昧下來……」

如初站在教堂門外，挽起爸爸的手臂。

應錚打量女兒片刻，流露出不解神情，問：「妳好像比出門的時候矮一點？」

的確是。她的胡思亂想還是把她自己給嚇住了，因此在踏出化妝室的最後一秒，如初做了個決定。

她舉起腳，秀給爸爸看長禮服下的白球鞋：「我換掉高跟鞋了。」

深吸一口氣，她又說：「等下聽音樂踩拍子，我會喊一、二、一、二，一是右腳，二左腳。」

應錚的表情有點一言難盡，不知道是對球鞋配禮服感到無語，還是對聽口號走紅毯毫無信心。

帕海貝爾的卡農音樂響起，門被緩緩開啓。他們邀請來觀禮的賓客並不多，隔著七八排人，可以清楚看到蕭練就站在紅毯的另一端，朝她望過來。

如初下意識挺直了腰，然而嗓子卻不知道怎麼回事，像是啞掉似地，怎麼樣都喊不出那個「一」來。

所有人都轉頭看她，如初不記得在她短短二十幾年的生命裡，承受過如此多的目光，忽然間，她慌了……

右臂被輕輕拍了兩下，如初轉向爸爸，父女四目相視，應錚平穩地對她說：「以後，自己的日子，自己好好過。」

「嗯。」眼眶再度發紅，如初深吸一口氣，直視前方，不敢看爸爸。

然而旁邊的聲音再度響起，帶著沉穩與一點點的感傷說：「但眞要過不下去了，妳還有家，回來，總能一起想辦法。」

「……我知道。」

最後，先舉腳的反而是應錚，如初緊跟在旁邊，並不需要喊口號，父女倆腳步便自然而然地同調。短短一小段紅毯路，她看到許多久違的面孔，宋悅然是雨令的同事代表，國高中乃至大學同學都有人到，以及明明住得不遠卻並不常來往的親友。

每張臉，都意味著她人生的一段經歷，而如今，每張臉都像漂浮在空中，給人一種極度不眞實的感受。

路走到盡頭，爸爸將她的手，交給了新郎。

如初抬起頭，仰視蕭練。

他今天穿了一身全黑的禮服，從襯衫到背心都是黑色，只有在胸前別了一片金黃色鑲了綠邊的樹葉——剛剛從她的捧花裡拆下來的。

如初忽然有點想笑，又有點想哭。他們凝視著彼此，神父開口，說：「各位尊敬的來賓朋友們，今天，我們聚集在此地，在上帝的面前，見證應如初與蕭練的結合……」

「所以，是眞的？」如初用唇語無聲問。

「眞的。」蕭練用唇語無聲答。

神父的聲音繼續：「兩位新人請面對面站好，接受我的提問。」

「以天父上帝的名義，蕭練，你接受應如初做你的妻子，與她共度神聖的婚姻生活，無論健康或疾病，貧窮或富有，還是任何其他理由，都關心她、呵護她、疼愛她、珍惜她，永遠陪伴她，直至生命的盡頭，你願意嗎？」

他看進她的眼底，說：「我願意。」

如初腦海裡一遍又一遍地播放著「生命的盡頭」這五個字。

神父再問一遍，她抬起頭，毅然說：「我願意。」

直到生命的盡頭，我願意。

2. 此時此刻

「我們就這樣結婚了！」

拎著長長的禮服裙襬小跑步踏進私人飛機裡，雖然一切都在計畫中，如初還是覺得好不真實。

她喃喃：「比想像中快好多，一下子就過去了……」

「時間正好。」蕭練跟著大步走進來，順手扯下領結。

「我以爲起碼要換個衣服，喘口氣……剛剛海關都盯著我看。」

如初踢掉鞋子，撲到蕭練身上，他則將剛脫下的西裝外套扔在地上，一把接住她，狠狠將人扣在懷裡，低頭吻了下去。

機艙門外，燕雲伸手制止流雲往前走的步伐，說：「安靜體會。」

「體會什麼，一把劍居然也會哄老婆？」流雲問。

「哄老婆有什麼了不起的。我要妳體會一下，幾千年來，我們倆第一次如此閃閃發光，比一百瓦的電燈泡還要亮。」

艙內繼續有喘息跟低語聲傳出，流雲安靜片刻，對燕雲說：「我大概曉得妳想表達的意思，但妳要了解，沒有我們這兩顆電燈泡，他們的蜜月旅行也沒了。」

燕雲重重點頭，指著門說：「對，所以你進去，點亮整個世界，告訴他們準備起飛，別親了，給我統統坐在椅子上繫好安全帶，就算不怕墜機也裝個樣子出來！」

新婚第一晚，如初在雲層裡度過。

私人飛機服務的蜜月旅行，是姜拓送給他們的結婚禮物，附帶了流雲跟燕雲充當駕駛與空服，雖然燕雲一直蠢蠢欲動，想跟流雲調換職務。

姜拓自詡不算注重享受，因此飛機上只裝配了一間簡單的臥室。鋪著雪白床單的雙人床靠窗，小巧玲瓏的床頭櫃靠著床，旁邊有一張椅子配上一張小寫字檯，角落的霧面玻璃拉門裡附有簡單的淋浴設備跟洗手間。

純就空間而論，這只是一間麻雀雖小但五臟俱全的旅館客房，但放到飛機上，如初只覺得奢侈到誇張。所幸裝潢簡單大方，將視覺的衝擊降低不少，唯一騷包的地方在於裝潢細節處用上了——

「黃金？」她摸摸鑲嵌在衣櫃上的金色手把，驚嘆居然還真有人用這種方式展現財力。

「我們本體出爐大多都是這個顏色，妳忘了？」蕭練提醒如初。

「都怪你，跟你相處久了以爲黑色極簡才是正常品味……」

如初一邊回嘴，一邊環顧四周，視線飄到占據了房間二分之一大小的床時，她不禁咬了咬嘴脣，心裡一陣緊張。

禮服已經換下，雖然在天空上水資源無比珍貴，如初還是狠下心，好好把頭髮洗了個乾淨。當她跨出浴室時，身上是香的，穿上了特別爲今晚購買的細肩帶睡衣，而蕭練就坐在唯一的那張椅子上。

扣掉狹長的地板通道，房間裡她唯一的容身之處，只有床……

而夜，正漫長。

「妳在想什麼，想到都開始冒汗了。」

不知自何時起，蕭練已站起身，張開雙手從身後環抱住她。

他身上沐浴露的香味跟她一模一樣。如初心臟狂跳到耳膜都震得有點發痛了，表面上卻還故作鎮定，看向前方說：「那、我們現在就……」

上床？

不行，講不出口，這種話爲什麼是她來講？

就在如初腦子裡亂七八糟轉著各種念頭時，蕭練用行動代替了言語。他雙臂一用力，一個後仰輕輕鬆鬆讓兩人跌進了床上。

床墊頗有彈性，反作用力讓如初的身體騰了騰空又再度回落，耳邊傳來冰涼的濕意，是蕭練咬了一下她的耳垂。

如初反射性閉上眼，感覺他將自己的頭擺到一個角度，輕笑一聲，在她耳旁低低聲說：

「看。」

不用看也知道，她全身必然像煮熟的蝦子一樣紅透了。如初鼓起勇氣睜開眼，入目所見卻並非她亂想的限制級畫面。

窗戶不知道什麼時候打開了，她的頭正對著窗外。天氣很好，天空的顏色一如她的婚卡，在黑到極致的深藍中泛出點點星光。

飛機已攀升到一定高度，無數雲朵在機翼下翻湧，一如海浪起伏。而眼前，一輪銀白色又圓又大的月亮，靜靜懸浮在雲海上方。

也許因爲太過靠近，又或者因爲無光害無空汙阻擋，月亮表面坑坑窪窪的陰影如今肉眼可見，清晰異常，跟站在地面上賞月所看到的完全不一樣。

然而這絲毫不減損圓月之美，缺陷明明十分眞實，但漂浮到空中，便成了夢幻。

「我第一次搭飛機的時候，看到的就是這個景色。那時想起了『海上生明月，天涯共此時』這句詩，然後忽然難過了起來，好像跟誰分開了很久很久似的。」

蕭練將頭擱在如初肩膀上，凝視著窗外，繼續說：「第一次遇見妳那晚，下山的時候，我看著月亮，又想起這句詩。奇怪的是，那晚明明天空上掛著的是一彎新月，我卻莫名其妙覺得，圓滿了。」

「所以我想，一定要帶妳來看一次。」他對她眨眨眼睛：「今天晚上。」

「看到了。」如初試著將五指插進蕭練的指縫間，與他手指交叉相握。

「我都看到了。」再一次，她重複說。

他為了跟她在一起，做出的所有努力，付出的所有心意，她都看到了。

那一刻，他們倆誰都沒想到，「海上生明月，天涯共此時」這句詩所描繪的情景，是離別。

新婚初夜，如初與蕭練手牽著手，躺在床上看了一整晚的月亮。

當然也說了一整晚的話，講到後來如初眼神朦朧、口齒纏綿，最後睡著在蕭練的懷中。

除此之外，什麼都沒做。

睡滿八小時起床，如初發現自己還窩在蕭練懷裡，身上的細肩帶睡衣十分凌亂，一條肩帶都落了下來，乍看春光無限，但實際上純潔得不得了。

第一時間反應，她轉頭看蕭練。

她的表情太過奇怪，蕭練腦子轉了一圈，拉過她的手放上他的敏感部位，說：「我忍耐。」

這太色狼了，以前他從來不會那麼直接。

如初騰地一聲整張臉燒到紅透，趕緊抽回手，問：「爲什麼啊？」

蕭練眨了眨眼睛，慢悠悠地說：「燕雲跟流雲的耳力雖然不怎麼樣，但地方就這麼點大，我們無論幹什麼都會被聽見。」

「包括昨天晚上？」

「當然。」

「……那你還摸我！」

腳下一用力，如初狠狠將自己才發過誓要此生與共的新郎給踢了出去，碰地一聲，蕭練跌落在地板上，外頭的駕駛艙隨即爆出囂張的哇哈哈哈。

接下來的兩小時，如初始終臉很臭，而且隨時不忘揍蕭練一拳。

不過在落地前，蕭練還是將如初哄得心情大好，也在燕雲心中搏得了天下第二渣男的頭銜。

流雲對此不置可否，燕雲的渣男名單更新速度極快，二到十名大約每隔幾天就換一輪，永遠的第一名則是老闆姜拓，被扣上「渣」的理由是壓榨員工，因此流雲不得不懷疑，燕雲對「渣」這個字從根本來說就理解錯誤。

蜜月旅行由蕭練一手規劃，他說了要給她一個驚喜，堅持絕不透漏目的地，如初試探地問過幾次，只得到一個結論，就是當蕭練鐵了心想保密的時候，他完全可以做到滴水不漏。

吊胃口永遠可以把人的好奇心提到最高點。當飛機落地時，如初已整裝待發，她迫不及待地跨進機場，然後身體瞬間僵直……

她看到了什麼？一整排吃角子老虎機？

黑領結外加全套西裝的酒店管家邁著端莊的步伐來到她跟前，一鞠躬，用帶著微妙腔調的中文說：「歡迎來到賭城。」

如初後退一步，用求助的眼神看向蕭練。他朝她點點頭，肯定地說：「蜜月第一站。」

「但是我、我這輩子從來沒想過，也沒期待過……」這些安排不容易，如初很不想掃興，但焦慮又冒了出來，她忍不住說：「賭博是我最不想碰的東西。」

「爲什麼？」蕭練反問。

錢幣嘩啦啦掉出來的聲音此起彼落，如初甩甩頭，艱難地說：「嗯，小時候的心理陰影……」

水果機，投一枚硬幣下去可以拉桿兩次的那種。

「妳賭過？」蕭練偏頭，一臉好奇。

「不算有……」還沒上幼稚園時，過年堂哥哄她把紅包拿出來場外下注。

「那就嘗試看看，搞不好妳會改變心意。」他拉起她的手，走出機場。

酒店派出來接送的車是加長版凱迪拉克，頂棚一片燦爛的銀河星空，冰箱酒櫃裡各色飲料跟零食水果塞得滿滿，大螢幕電視就在座位前方，觸目所及皆奢靡。然而如初顧不得享受，她一上車便抱著手機上網查詢，等車開了數十分鐘，從機場開到五光十色的大道之後，她慢慢定下心來。

賭城雖以賭博聞名，卻不只有賭博，這塊沙漠中建起的小小境外之地，匯集了最知名的馬戲團、最強的魔術師、最絢爛的商場，以及各國美食，光是各種表演藝術就夠她看上一個月都不重複！

如初迅速圈起白老虎跟紅磨坊的康康舞，然後說服自己好好享受。

蕭練訂的是一間完全沒有賭具與賭場的安靜酒店，站在落地窗旁可以遠眺老鷹飛翔的峽谷。夜幕低垂下，自認準備好的如初舉起酒店招待的雞尾酒，跟蕭練一碰杯，說：「謝謝，很棒。」

「妳的表情在說，好想換個地方度蜜月。」蕭練仰起頭，一飲而盡，問：「能不能給我個機會，糾正錯誤？」

「好啊。」如初打開手機，指著剛查到的節目：「這家酒店前面的噴水池整點有水舞，我很喜歡的一部老電影，主角八個人最後就是聚集在這裡，然後隨著音樂一個一個離開——」

「我知道。」蕭練打斷她，瞄一眼時間又說：「離整點還有段時間，先玩點別的？」

「……好啊。」

沒狠下心拒絕的結果，就是換來一路提心吊膽。如初踩在厚厚的羊毛地毯上，跟著蕭練穿過幾扇門，來到一間豪華而隱密的房間。

房間的中央是張古典的輪盤賭桌，旁邊圍了十來個人，其他人大多聚集在房間一側的酒吧附近，零星幾個人端著酒左顧右盼，眼神都頗銳利，像在搜尋獵物。大家的穿著都很正式，絕大部分的女生都穿長裙，還有人身著滿是亮片的晚禮服，相較之下如初的襯衫跟休閒長褲就像個不小心誤闖的觀光客……雖然她本來也是。

然而蕭練顯然不是。只見他熟門熟路地兌換籌碼，取飲料，如初忍不住湊到他耳邊問：「你常來？」

「幾年一次。」蕭練靠近她耳邊，輕聲回：「這種賭博方式十七世紀就有了，我玩得很熟。」

「你喜歡賭博？」如初嚇一跳，從來不知道他有這種嗜好。

蕭練偏頭，對她笑笑：「喜歡練手。」

那什麼意思？

如初一頭霧水地看著蕭練走到賭桌前，隨意丟下數枚籌碼。

輪盤開始轉動，骰子跳躍、騰空、又落在桌面。重複幾次後輪盤停下，骰子跟著靜止，最終停在蕭練丟下籌碼的那個號碼上頭。

這應該算贏了？如初側頭看著蕭練，然而他臉上毫無表情，稱得上最佳撲克臉，荷官將一疊籌碼推到蕭練桌前，蕭練數也不數地重新放回賭池，如初揉了揉眼睛，幫自己點了杯熱咖啡。

雖然飛機上睡過一覺，但長途旅行還是滿累人的。

輪盤再轉、再停，籌碼再翻倍，蕭練表情依舊不變。咖啡喝了半杯，但毫無效果，如初將頭靠在他的肩膀上，偷偷打了個呵欠。

輪盤繼續轉、繼續停，蕭練面前的籌碼迅速累積成一座小山。當人群開始聚集，酒杯裡的冰塊碰撞聲跟竊竊私語聲逐漸將她跟蕭練包圍時，如初不再需要咖啡，她徹底清醒了。

事實上，她開始寒毛直豎。

腦子裡關於賭博的電影輪番上映，劇情不太記得，但畫面全是高科技全面監控，以及一言不合就會派出渾身肌肉的保鑣，把有作弊嫌疑的賭客拖進小房間亂揍一通。

運氣好到玩上十輪全中，蕭練不會作弊了吧？

等等，他的異能，搞不好眞能拿來作弊，怎麼辦，要不要先看好逃生方向……

就在她胡思亂想之際，蕭練再度贏下一局。他將籌碼推到如初面前，說：「來，換妳了。」

「換我幹麼？」如初一頭霧水。

「換妳下注。」蕭練一副諄諄善誘的模樣。

穿著制服的美女荷官在看她，周圍環繞的賭客也在看她，如初頂著各種或豔羨或忌妒或意味不明的目光，拿起一枚籌碼，躊躇地問：「怎麼下？」

「放到妳覺得會贏的地方。」他端起酒杯，對她展開一個如同孔雀開屏般魅惑的微笑，成功讓如初心跳超速到氣喘。

這是蕭練發現情況不對，準備撤離給她打的暗號嗎？但進賭場前他完全沒說呀？

略帶昏黃的燈光下，輪盤上無論黑紅都泛著一股紙醉金迷的色彩，如初抓著籌碼，手舉棋不定地在空中晃了晃，最後乾脆放到離自己最近的地方。

荷官用帶有疑問的表情看向她，如初以充滿疑惑的眼神回看。

「只下一枚就好？」蕭練看著她面前滿滿的籌碼，忍笑問：「一次一枚會玩很久，要不要多下點？」

如初想了一下，反問：「可以多放幾個地方？」

蕭練比了個隨意的手勢，如初刷刷刷在其他好幾處各放一枚籌碼，然後坐下來，對牢他一臉歉意。

「……怎麼了？」他可以感覺得出來，她每一根神經都在抗拒這個地方。

如初嘆出一口氣，說：「你等下就知道了。」

接下來的十分鐘，是見證奇蹟的時刻。

如初像是反轉複製蕭練的勝利般，一把接著一把，將之前他贏回來的籌碼悉數輸了回去。而原本圍繞著旁觀的人潮，則像是害怕瘟疫蔓延似地，隨著她每次下注都離遠一步。等到了最後一輪，如初自暴自棄地將所有籌碼放進同一格，然後看著小球不斷滾動，最後在她下注數字的旁邊一格彈跳兩下，停住不動。

她刷地站起身，所有人不由自主倒退一步。

這輩子還沒如此威風過。

如初抬了抬脖子，蕭練噗哧笑出聲，也站了起來，以十二萬分的紳士風度舉起手臂，對她微微躬身。

錢輸光了，氣勢可不能輸，她於是將手搭了上去，昂起下巴，以女王的姿態，在眾人詭異的目光下退場。

十五分鐘後，如初舉著超大一支的冰淇淋，學著電影裡的人趴在欄杆上，面對眼前搖曳生姿的巨大水柱，嘆出今晚第一百零八口氣。

蕭練則懶洋洋地靠在她身邊，試圖總結：「妳從小運氣就非常不好？」

「超級無敵差。只要跟不勞而獲沾上邊的，包括但不限賭博、抽獎、對發票……我連考前猜題都穩不中，以前做考卷剩下不會的選擇題，老師都教我們直接填一個寫好的答案中出現最少次的選項，我每次這樣選，每次都全錯。」

一口氣抒發完畢，如初將冰淇淋塞給蕭練，取出龍蝦漢堡嗷嗚一聲大咬一口，鮮甜的漿汁在嘴裡爆發出來，稍微彌補了方才遭受到的心靈打擊。

她愉悅地瞇了瞇眼，蕭練偏頭問：「所以，很久以前妳說，妳只相信努力會有收穫——」

「親身實證，沒有別條路可以走。」她打斷他，順便舔了一口他手上的冰淇淋，斜睨著他問：「輪到你了，你在賭場能練什麼？」

「我能練什麼，當然是練出劍。」蕭練的回應態若自然。

如初站直了，盯著他問：「可是，會被錄影……」

「妳知道電影的連續畫面，其實是好多張畫面快速播放，利用殘影效應視覺停留的結果吧？」

如初點點頭，蕭練再問：「一秒幾格？」

「不知道。」如初瞪她：「這跟你賭博有什麼關係？」

蕭練親了親她的臉頰，說：「只要出劍的速度快過播放速度，就沒有一張畫面能捕捉到我作弊。」

如初似懂非懂地啊了一聲，蕭練對她眨眨眼，又說：「進賭場，我其實賭的是這個，放心，從來沒輸過，不過事先告訴妳就不好玩了。」

音樂大作，巨無霸水柱沖天而起，如初感覺自己好像剛搭了一趟雲霄飛車，還是爲她量身訂製的那種，整顆心都在砰砰亂跳，可是上車前雖然百般抗拒，下車後回顧卻意猶未盡，好想再來一次……

是一場華麗的冒險，而且這輩子如果沒有遇到眼前這個人，便永遠不會開啓的旅程。

旁邊的人潮起了漣漪般的騷動。驟然間，燈光全滅，周圍一片黑暗，水柱也弱了下來，音樂一轉，變成神祕的曲風，伴隨水底陰影游動，彷彿暗示即將到來的盛宴。

如初不自覺地往蕭練身邊靠了靠，下一秒，只見水柱大起，一條巨龍伸展雙翼自水底昂首直上星空，抵達頭頂時拍了下翅膀，細碎的水珠隨即均勻灑落，人群響起了歡笑與掌聲，而如初目瞪口呆地伸出手，接了幾滴水……

「電影裡沒有這個。」她喃喃說。

「今年的新節目。」蕭練摟住她的腰：「電影那種水舞過後曲終人散的味道，我不喜歡，這個才是正確的方式，開始與結束。」

「耶？」

「結束一個節目，開始今夜的狂歡。」

她從來沒想過自己的蜜月會以這種形式展開，如初用一種奇怪的眼神看著蕭練，看了許久許久，直到看到他開始有些不安了，她才幽幽地說：「我一定是在上輩子，就把這輩子所有的運氣，都花在找到你身上。」

蕭練難得地楞了一下，才一把抱起她，說：「好，妳成功嚇到我了，該罰。」

他就這麼一路抱著她，囂張地走回酒店，然後如初才發現，他說該罰，就眞的罰，一絲也不做假。

那一夜是如此漫長，卻又如此短暫，歡愉的時光像是永遠不會結束，然而一闔上眼，再睜開，天已亮。

到後來如初已經有點失去意識了，只記得蕭練抱住她，在她耳邊一直說：「別怕。」

沉淪、陷落，身體完全失控的感覺，怎麼可能不怕。

然而她試著接納他，一如劍鞘接納長劍，絲嚴密合，本應如此。

賭城是個令人忘卻時間的地方，每天吃吃逛逛，隨便晃晃，一個禮拜很快就過去了。第八天早晨，如初正靠在蕭練身上享受在床上吃早餐的樂趣，忽然間，床頭櫃旁的電話鈴聲響起。

蕭練接過電話，淡淡答了一聲可以。三分鐘後，叩叩叩，恭謹的敲門聲響，管家一手擎著一只金屬托盤，盤上放了一個純白的長信封。

他走到床邊，彎腰將盤子遞上前，於是如初看到信封上寫著：應如初女士、蕭練　親啓。

手寫的鋼筆字，典雅飄逸，卻很陌生。

誰會知道他們來這裡度蜜月而且寄信過來啊？

如初心裡冒出疑問的時候，蕭練已經從筆跡上辨認出寄信者。他眼底流露出一抹意外，伸手取過信封撕開，抽出一張同樣是純白色的邀請卡。管家發揮專業素養，像魚游水一般迅速安靜地離開房間，沒發出一絲聲音便將房門關上。

蕭練掃了邀請卡一眼，遞給如初說：「軒轅邀我們去他家作客。」

「軒轅劍的那個軒轅？」

蕭練點頭，緊接著又說：「我們下一個目的地離他家不遠，但如果妳不想去就由我來回絕，不用勉強。」

蕭練一邊說，如初腦子裡一邊閃過對軒轅的諸多印象，像是世上的第一位化形者，擁有連蕭練都贏少輸多的可怕異能等等。但最終，腦海裡的影像定格在一份特殊而貴重的禮物上。

她抬起左手無名指，露出素面的婚戒問：「這個，就是軒轅送的？」

蕭練再度點頭，如初歡樂地說：「那我們去拜訪啊，順便謝謝他！」

「也好，但是、初初……」蕭練停頓片刻，才說：「軒轅他、在六十年前左右結婚了。」

如初無所謂地點點頭，化形者結婚的比例雖然不高，卻也不算罕見，當然像殷含光這種結了離離了結，對象還都同一位的，據說比較稀罕，難道軒轅也這樣？

她一臉好奇等著聽八卦，蕭練斟酌著又說：「我印象裡，軒轅一直跟他妻子在一起，為了少搬幾次家，後來總找地廣人稀的小鎮住。之前聽承影說他妻子的情況不太好，可能很快就要過世……」

他打住，如初愣愣地看著他，問：「什麼叫做快過世？他太太……會死的？」

化形者不用「過世」二字。即便永遠失去意識，本體化做塵埃，也稱之爲長眠。就物質不滅的意義來說，他們沒有眞正的死亡，只要能聚集原本鑄造時所用的材料，重新鑄造，就能把他們帶回人間。

蕭練垂下眼，故作平淡地回答：「軒轅大哥的妻子是人類。」

「然後你剛剛說什麼？」如初傾身向前，呼吸都不由自主地變急促：「他六十年前結婚的？他們在一起超過六十年！」

「……理當如此。」

「軒轅現在看起來幾歲？」

「……跟我差不多。」

剎時間，如初腦海裡立刻出現一幅曾經帶給她最深恐懼的畫面。即便現在已然釋懷，即便在婚禮上，她對神父祝福的白首偕老並無反感，但乍然聽到這個消息，她還是倒抽了一口冷氣。

蕭練見狀，立刻又說：「我速去速回，妳不用去。」

就衝著軒轅也在預見畫上這點，他需要盡快見軒轅一面，好判斷對方的立場。

「我要去。」如初堅定地說完，加上一句：「邀請卡是給我們兩個的，我想去。」

她想去看看，如果這段婚姻眞能夠走到最後，會是什麼模樣？

砰砰。

心跳聲莫名自如初耳畔響起，彷彿來自身體深處。如初按了按胸口，異樣感稍縱即逝，並未留下任何痕跡。

3. 已逝

於是，在離開賭城之後，如初與蕭練改變了行程，先去拜訪軒轅。

飛機將他們帶到離軒轅住處最近的城市，驅車前往的途中，蕭練對如初解釋，一直以來軒轅對人類都相當友善，唯獨對上傳承者，頗具戒心……

「話說起來，源頭還在我身上。」他苦笑：「我被崔氏下了禁制之後，軒轅大哥才開始提防傳承者。後來他一心一意想找出不靠傳承者也能修復我們本體的方法，慢慢也跟我們漸行漸遠。」

「那他找到了嗎？」如初問。

「沒聽說。不過重點是，如果他對妳態度不佳，不用忍，直接走人就好。」

這態度眞是夠痛快了。如初笑出聲，揉揉鼻子故意說：「可是我還想看看軒轅劍耶，怎麼辦？」

「自行努力，我可不幫。」

蕭練說著踩下油門，車像一支箭般飛快往前奔去，穿過了鬱鬱蓊蓊的森林保護區，橫跨杳無人跡的一大片陸地，來到軒轅所住的小城。

抵達之前天空飄起了糖粉般的細雪，據本地新聞播報，即使此地偏北，十月雪也非常罕見。雪很快就停了，氣溫卻越來越低，抵達軒轅所住的鎮上時，蕭練索性先停車下來買了兩杯熱咖啡，如初捧著杯子輕嗅香味，只感覺手暖，心也好暖。

他們是一對平凡的夫妻，這是一個平凡的早晨，她可以這樣活著，直到生命的盡頭。

這個念頭一直延續著，然後在見到軒轅的那一刻，被完全擊潰、打到粉碎。

他們開到軒轅的住處卻撲了個空，幾次聯繫都找不到軒轅，最後才得知他在醫院，而他的妻子，於今天凌晨過世。

考慮再三，他們還是決定前往醫院致意。而如初一踏進病房，映入眼簾的便是一名烏髮垂肩的青年，坐在病床前，緊緊握著床上白髮蒼蒼的老婦的手。

醫院裡的人告訴她，老太太之前頭腦一直都很清醒，也活動自如，就是在三個多月前身體機能急遽惡化，本來好幾次都撐不下去了，但她先生不顧病人意願，強行搶救，直到最近這一次，她在上救護車時拍了拍他的手，而他彷彿領悟到了什麼，退到一旁，任憑醫生從檔案裡調出放棄急救同意書……

如初聽沒兩句，眼眶就已經開始發紅，她不停在心底告訴自己，這樣其實非常幸福，一輩子有人相依為命，那個人忠實地在妳身旁守候，直到抵達生命的最後一站，站在彼岸卸下重擔，都還有人緊握住妳的手。

但直到站在軒轅身後，她才發現，自己已淚流滿面。

半長髮的男子轉過頭，一張俊逸的臉孔神情平靜，略帶感傷卻絕不痛苦。如初自覺失態，手忙腳亂地將眼淚抹乾淨，蕭練卻沒那麼多感傷。他摟著如初的肩膀，對軒轅說：「節哀。」

軒轅站起來，手插在口袋，淡淡說：「哀痛不至於，就、非常自責。因為我想不開，過去幾個月，害她受苦了。」

這話中有話。蕭練挑眉看向軒轅，後者平和地回視，四道視線在空中相撞，軒轅輕輕點了下頭，蕭練卻沉下臉。

軒轅基於自己的親身經歷，提醒他，該放手時就放手？

笑話。寧可守著妻子變老，也不願尋找結契的方法，那是軒轅的決定，與他何干？軒轅認定了強求不妥，他也不喜軒轅的無為，各自的路各自選，誰也別來插手別人對情之一路的選擇。

無聲的交鋒轉瞬而過。軒轅移開目光，朝如初伸出手，說：「初次見面，我是軒轅。」

如初的目光大部分時間都停在病床上，那個瘦小而平靜的身影上，軒轅這麼一開口，她才猛然驚醒似地，趕緊握了握軒轅的手，結結巴巴地說：「我是應如初，節哀……」

兩隻手一觸即鬆開。軒轅的手冰冰涼涼，如初起先只想到這是化形者的特性，但接著立刻又想到，不曉得他坐在病床前，握著妻子的手，握了多久……

頭忽然有點發暈，如初往後退了一步，靠在蕭練胸前，微微喘息。

殯儀館的人員隨著醫生護士敲門而入，打斷了這場簡短的會面。蕭練本想帶著如初迅速離開，但軒轅卻在眾人環繞中抬起頭，對如初說：「我太太有些東西，遺囑指名留給妳，今晚一起用晚餐？」

如初還沒反應過來，蕭練便開口，淡淡說：「你忙，用寄的吧。」

「跟傳承有關。」軒轅沒理會蕭練，只對著如初說話，語氣在友善中暗藏了審視。

這一句話，忽然就把如初從感傷裡拉了出來。她站直了朝軒轅說：「我很久沒進傳承，以後也可能不會再進去了，這樣你還要跟我吃飯？」

「當然。」軒轅毫不猶豫：「該發生的事還是會發生，跟妳個人意願無關。」

不顧蕭練的眼神反對，如初一點頭，說：「可以。」

軒轅說了一個拗口的餐廳名字，語聲方落，蕭練便拉著如初離開病房。他一直沉默著，直到走到醫院等候廳時，才開口說：「軒轅的態度不對勁。」

如初想起最後一次進傳承時看到的變動，忍不住問：「他是不是知道什麼我不知道的？我是說，關於傳承。」

蕭練直覺不可能，但又無法百分之百排除，只能含混地說：「今晚問問看。」

手中的心跳忽地變得快而淺，蕭練抬起頭，見如初輕輕喘著氣，額角甚至滲出大顆汗珠。他以爲她緊張，於是出言安慰：「晚餐約在公開場所，軒轅不會輕舉妄動，沒有危險性，頂多話不投機。」

如初用力搖頭：「我、我只是覺得，他那麼篤定的樣子，好怪……」

汗水滴進眼睛，微微的刺痛感令人格外不舒坦。如初舉手想抹去汗水，卻莫名感覺手好重，要用力才能勉強抬起來。

「無論他說什麼，不愛聽就不用聽……初初？」

耳邊的聲音忽然變得好遠，眼前畫面迅速暗了下去，如初腳一軟，倒在蕭練身上。

經過一陣混亂後醫生宣布她感冒了，同時出現貧血徵狀，需要多喝水多休息。如初灌了一杯牛奶，吃了一份鐵劑，很快便下了床，頭雖然還有點暈，但行動已不受影響。

蜜月期間感冒當然非常掃興，卻也無可奈何。如初自己感覺沒什麼，蕭練卻相當謹慎，硬壓著她在床上又多躺了半刻鐘，他則到處跑，幫忙取藥跟結帳。

就在如初等到有點無聊，正偷偷打開手機裡的小遊戲時，一名塊頭很大笑容有點羞澀的醫生跑到床邊，塞給她一個小包包，比手畫腳地說這是醫院給每對新婚夫婦的小禮物，裡面有一些健康方面的叮囑與指南……

「身體有變化就要注意，特別是新婚期。」醫生說著又露出靦腆的微笑。

如初想不通感冒跟新婚的關係，但還是乖乖道謝，接下禮物包。

在蕭練與如初離開醫院時，遠在半個地球外，夜已深。

應家熄了燈，而隔了兩堵牆外的小巷，封狼無聲無息地出現在一名穿著慢跑套裝的年輕女性後方，以手代刀，俐落地砍向她後頸。

這名女子並非小鎮居民，前幾天不曉得從哪裡過來，一件行李都沒帶住進旅館，之後每天的行程都一模一樣，穿同一套慢跑服繞著如初家的社區跑步，從不跟人交談。她跑不到兩天，就把自己弄得渾身髒兮兮，別說他們覺得怪異，就連附近住戶也都開始不安，剛才封狼出門前還聽隔壁老阿伯扯著嗓子問老伴，這種情況如果報警了警察管不管？

祝九於是提議，將這名可疑份子抓起來研究一下，也算幫小鎮維持治安。

雖然封狼覺得祝九是日子過太閒，沒事找事幹，但依然同意了。一切順利，女子軟軟地倒下，被封狼接個正著，祝九自小巷一端走了過來，運起異能掃視女子片刻，搖搖頭說：「找不到傷口。」

「爲什麼要找傷口？」封狼一頭霧水問。

「你不覺得，她這迷迷濛濛的模樣挺眼熟？」祝九指著女子反問。封狼思索片刻，一揚眉，語氣中多了幾分驚訝：「刑名回來了？」

刑名透過虺蛇控制人，會在身體上造成奇異的傷痕。

祝九點頭說：「她眼神渙散，顯然被什麼東西控制住了，如果不是刑名，還能有誰？」

封狼將人平放在地上，說：「如果是刑名，那她恢復得還眞快。」

「必然有同黨，可王鉞本體上的傷又做何解釋？」祝九揉揉眉心，自言自語地說：「幾千年了，刑名王鉞素來獨得很，沒傳出跟誰合作的前例，爲什麼事情在過去十來年起了這麼大的變化？」

封狼沒吭聲，放下慢跑服女子便邁步往外走。祝九心不在焉地跟著走了幾步，猛地停下腳，轉回頭，運起異能緊盯女子的頭部。

一條細如蚯蚓的金色虺蛇忽地從女子的髮根裡竄了出來，鑽入柏油路的隙縫中，頃刻間消失得無影無蹤。

事情發生在兩人視線都離開女子的那一瞬間，祝九只來得及看到一條細線映著太陽，金光閃爍，分外令人刺目。他跨前一步，正要運起異能觀察鑽到哪裡去了，卻感覺封狼一隻手壓在他肩膀，說：「讓它去吧。」

祝九詫異地望向封狼。他們倆的異能相加，追捕異物雖需要費些力氣，但絕非不可行。

面對祝九的質疑，封狼摸摸鼻子說：「防不勝防。而且過去幾起的人都止於監視，並沒有傷害人的意思，跟刑名的作風並不一樣。」

「你想引蛇出洞，化被動爲主動？」祝九眼睛一亮。

「那倒不是……」封狼嘆了口氣，手按在祝九肩膀，說：「阿九，我們只答應了負責維持治安，多出來的部分不在約定範圍之內，本來就跟我們無關，別管了好不好？」

祝九唔了一聲，任憑封狼摟住他的肩膀，一邊帶著他往回走，一邊絮絮叨叨同他講述庭園布置事宜。然而在走出小巷時，祝九卻莫名回頭一瞥，望向倒下的女子身體……

方才，無論他運起異能怎麼找，卻依然找不到傷口。印象中，別說刑名的金蛇，還沒有誰的本體能細到逃過他的眼睛。究竟怎麼做到的？

等等，如果用異能，劃開空間，直接將金蛇移到人的腦內……

祝九腳步一頓，抽出手機開始發訊息。

軒轅約定的地點是一家高級餐廳，擺盤精緻，食材更稱得上豪奢。來之前如初已然做了最壞打算，決定苗頭一不對就離席，然而一頓飯吃下來，氣氛卻出乎意料之外的平和，軒轅問了蕭練禁制解除後的感覺，也跟她談了一會兒進傳承的經驗，如初一一如實作答，只有在對方提到山長時，她猶豫了……

「山長她、她應該是個好校長吧。」如初口不對心地這麼說。

「校長？」軒轅重複這兩個字。

「對啊，我一直覺得，傳承就像學校，山長就像校長，我就是學生。」如初簡單解釋。

「原來如此。」軒轅端起酒杯，悠然又問：「那學費怎麼算？」

「只是比喻。」吃得差不多了，如初拿起餐巾紙抹抹嘴，又說：「一定要說的話，我死之後所有關於修復的記憶都會留給傳承，算不算學費？」

「問妳了，看妳覺得是否付出了相當的代價。就我觀點，一座知識寶庫，無償任人自由使用、進進出出……」軒轅拖長了調子，慢慢問：「會不會太過美好，以至於不切實際？」

如初回答不出來，軒轅也沒針對這個話題追下去。等服務生撤去了碗盤，送上甜點跟飲料，軒轅取出一個資料箱，放在一旁空著的座椅上，對如初說：「這裡面是我妻子的書跟筆記。認識我之後她開始研究傳承，還發表過學術論文，當然，書寫時避開我們的存在，用神話跟傳說的方式，闡述地球上不同於人類的種族，卻擁有文明的可能……」

「她一直說，她會追隨我到人生最後一刻，她做到了。」

講到最後，軒轅的眼神悠遠，語氣雖淡卻藏滿對斯人已逝的懷念。如初想起那位躺在病床上面容慈祥的老太太，於是問：「她也是傳承者？」

軒轅瞥了她一眼，回答：「當然不是。」

如初被這「當然」兩字給搞得莫名其妙，忍不住再問：「那她怎麼做研究啊？」

「窮盡畢生之力，走遍世界各角落探詢跟訪問。」軒轅漫不經心地看著如初，又說：「其實普通傳承者，一輩子也就在傳承裡學幾項技術，有些連山長的面都見不到，見樹不見林，對傳承的理解還不如我妻子長年浸淫，卻又能以外人身分保持客觀。」

聽得出來他很以自己的妻子爲榮，但聽在身爲傳承者的如初耳朵裡，總感覺有些刺耳。她敷衍地嗯嗯兩聲，低頭吃甜點，軒轅繼續說：「像妳這樣能多次跟山長打交道的傳承者，千中無一。」

「講完沒？」蕭練忽然將餐巾扔到桌上，不客氣地朝軒轅問。

「最後一句。」軒轅轉向如初，說：「妳覺得傳承像學校，我卻以爲，傳承是權力更迭之處。」

他也不等如初反應，繼續又說：「知識即是權力，傳承將知識賦予傳承者，令他們在現實世界取得權力。把權力投注在我們本體身上，強迫我們聽命行事，這就是禁制。」

「我從來不感覺自己有那麼大本領，也沒看到哪個傳承者有過。」嘴動得比腦子快，如初想都不想就作答。

「妳焉知歷史上的掌權者，背後沒有一個傳承者的身分？」軒轅反問。

說不通，如初聳聳肩：「我不知道別人，我只管我自己。」

「權力令人腐敗，絕對的權力導致絕對的腐敗。」軒轅盯著她說：「我希望到那一天，妳能做出正確的決定。」

哪一天？什麼決定？他到底在講什麼？

軒轅的話裡明擺著有許多疑點，可供人探詢，但如初放棄了。她還記得蕭練說的，不高興隨時可以走，於是舉起咖啡杯說了聲謝謝招待，便站起身打算結束這場聚會。

然而軒轅端起酒杯，不急不徐地繼續問：「妳有沒有想過，預見畫裡，妳被八方追擊的時候，蕭練爲何沒站在妳身邊？」

砰地一聲，軒轅手上的高腳酒杯爆裂開來，碎成千百片掉落。

整個餐廳頓時肅靜下來，所有客人的目光都朝他們看去，軒轅放下手裡還握著的一小截玻璃杜，看向蕭練說：「劍氣也能傷人，你又進益了。」

「沒傷到人。」蕭練冷冷回。他很有分寸，周圍無人受傷。

「畫裡的你，選邊站了嗎？」軒轅接著問。

如初不敢置信地看著軒轅。離他們最近的一名女客回過神，發出尖叫，爲之後的混亂揭開序幕。附近的客人有好幾個跳起來遠離桌面，還有人抱了小朋友直接往外衝，少部分繼續坐在位子上的也面露驚惶，離遠一些的客人則無不交頭接耳，議論紛紛。

就在一片混亂中，蕭練緊緊拉著如初的手離開餐廳，快步走向停車場。

4. 永配此誓，與汝共死生

「軒轅對預見畫的詮釋完全不對。」車一開上高速公路，蕭練便扭頭對如初這麼說。

如初低下頭，避開了蕭練的視線。她知道他在講什麼，也知道自己一定流露出了恐慌，然而從軒轅提到預見畫開始，縈繞在她心裡久久不能散去的，卻並非鼎姐所繪的預見畫，而是她在幻境中看到的影像。

爲什麼同樣都被山長認定爲預見的畫面，明明鼎姐的預見畫寓意更加凶險，她卻更害怕那個在山林裡貌似瘋癲的自己？

見如初咬著嘴唇不說話，蕭練眼神微微一暗，又說：「軒轅有他的能耐，但數千年來我們一直研究預見畫，最後結論只有一個，那就是——預言畫成眞之後，必然很快會有相對應的大事發生，除此之外，千萬別僅憑藉一個畫面，就輕易對未來下判斷。」

「我知道，我知道……」如初勉強打起精神，將心思從幻境裡抽離，想了想又問：「可是，要在什麼情況下，才會大家都一起拿兵器對付我啊？」

「……未必是對付。」

「但畫裡面所有人兵器尖端的確是衝著我來總沒錯，而且我還在笑……」如初回憶著遇見畫裡臉龐散發滿足微笑的自己，忍不住說：「總不能是我終於實現夢想，買了房子重建不忘齋，開幕那天你們大家拿本體來給我修復當生意祝賀，所以我才開心成那樣？」

這個猜測太過離譜，蕭練完全不懂為何如初既表現出憂心，又似乎並不太害怕討論夏鼎鼎的預見畫。

他決定保持沉默，如初不死心地追問：「預見畫一定會實現，從來沒有過例外？」

蕭練搖頭：「就我所知，沒有。」

如初噢了一聲，轉頭看窗外。

好吧，幻境裡所看到的畫面一定會發生，她不用考慮逃避了。

但那究竟是什麼狀況？

想得頭都痛了，如初用腦袋撞了一下玻璃窗，蕭練舉起手護住她，又說：「祝九之前傳訊息來，他懷疑，軒轅才是刑名身後的最大助力。」

「……難怪他在餐廳裡講那種話。」如初懨懨地說。

她直覺感受到軒轅不喜歡她，但想起在醫院看到軒轅坐在病床旁的模樣，如初完全無法理解。

她轉頭問蕭練：「刑名根本在亂殺人，爲什麼軒轅還能跟她合作啊？我以爲、我以爲……本質上軒轅應該、起碼更像你，對人類是友善的呀？」

蕭練瞥一眼放在後座的資料箱，淡淡說：「因爲敵人一致，也還因爲野心的目標相同。」也是直到這頓飯過後，他才確認，軒轅對傳承懷著一份勢在必得的野心，雖然用上各種理由包裝。

如初愣愣地看著他，蕭練拉起她的手，用斷然的語氣又說：「別想了，無論發生任何事，我都會在妳身邊，像現在這樣……」

他在心底加上一句，直到永遠。

如初當然沒聽見蕭練心底的低語，但很奇妙地，她想起了幻境裡的蕭練，然後在忽然間，心定了下來。

她抱住他的手，說：「好，相信你。」

即便她去到了他不可能抵達的彼岸。

即便生命裡的某些事，註定了要獨自面對。

她依然相信，總有一天，他會實踐他的諾言，回到她身邊。

蜜月第二站，他們來到蕭練以前念大學的城市。

這一站由如初指定，當年蕭練留在保險箱裡贈予她的東西，就有一棟此處的房產。雖然他老說以後想來住隨時可以來，如初還是決定趁蜜月造訪，像是認識一個她從來沒機會認識的蕭練。

計畫很浪漫，現實則有待考驗。

車開進都市時正好遇上傾盆大雨，視線受阻嚴重，什麼都看不清，只能靠地圖緩慢前進。當手機發聲提醒即將抵達目的地時，車拐進一片住宅區，雨勢稍微小了一點，正好夠讓如初看見路旁一戶人家的庭院。

蔓草叢生也就算了，問題是及膝的草堆裡竟豎起了幾塊青苔斑駁的石頭墓碑，碑上還趴著一具森森白骨，在路燈映射下格外醒目。

如初在心裡打了個問號，緊接著車開過下一戶人家，鄉村風格的小別墅，明明原木的外裝溫暖討喜，卻硬在每扇窗戶都釘上了X狀的木條，其中一扇窗還朝外推開，吊了個歪脖子的稻草人，手上拿了一把鐮刀。

如初：「……」略無語。

就這樣，車依續經過了數棟造型各異的別墅，如初依序看到滿臉都是血手上拿菜刀的玩偶（恰吉？）、手牽手騎在掃把上的無臉黑衣女巫，以及許多隻畫在樹上的滴血大眼睛。

心裡的無語感持續增強。當車終於在一棟造型像童話城堡的別墅前停下來後，蕭練對她說「到了」，如初這才狠狠鬆了口氣。

這棟別墅走的是童話城堡風，明黃色石頭外牆搭配黑色的尖屋頂，雖然保養很好但還是看得出建築物有些年紀了，庭院裡的楓樹鬱鬱蓊蓊。顯然剛整修過，院子裡的草坪明亮清爽，細看還能看出移植痕跡。

同時，最重要的是，一點奇怪的裝置都沒有。

如初一腳剛跨下車，便迅速縮了回去。她拉拉蕭練的袖子，指了指右邊的人家，蕭練順著望過去，看到一隻眼珠子不斷閃爍紫色光芒的大蜘蛛，正在鄰居的屋頂上橫向移動，間些發出喀擦喀擦聲響，屋頂其他部分覆滿蜘蛛網，順著懸垂到地面。

「萬聖節。」他解釋，神態跟語氣都透露出習以爲常。

「我猜也是，但是……」如初揉了揉有點僵的臉，又說：「我本來是想來看你住過的城市的……」

結果她都看到了什麼？

大蜘蛛抬起一隻腳，又放下來，往上爬了幾步，開始搖頭晃腦，居然還搖出了點節奏感。

蕭練攤手：「這個城市就這樣，熱中各種活動，所以逢年過節我從來不回來住。」

如初這才想起來，當初她嚷著蜜月要停這站時，蕭練確實表達出了不樂意。

自己決定的行程，無論如何都要走下去。如初強行辯解：「其實看習慣了還挺有喜感的。」

其實不，她從小討厭蜘蛛，特別是腳很長的那種。

蕭練看破卻不說破，只笑著摸摸她，隨即將車開進車庫。車停妥後他拎起行李上樓安置，如初跟著出來，走到院子裡被冷風一吹，連打兩個噴嚏後才感覺冷，連忙鑽回車上找被遺忘的外套圍巾。

放好行李後蕭練下了樓，卻沒看到如初。此處無人，不必僞裝，因此雖然天氣很冷，他還是隨手脫下赴宴時穿的獵裝外套，單穿一件背心走了出去。

庭園裡也不見如初的蹤影，車庫門卻是關的。蕭練喊了一聲，沒得到回應，索性走到車庫門邊按下開關。老式的鐵拉門緩緩上升，不時卡住一兩秒，他等得不耐煩，門升到一半時便彎下腰，腳底劍影翩浮，將他送進了車庫之內。

數分鐘前，如初剛穿好外套，隨即感到手機發出震動，是爸媽發來訊息，問她好不好，同時告知婚禮的收尾工作已經結束，他們也打算出國去玩一趟。

這還是如初出發度蜜月後第一次收到父母的訊息，因爲時差的緣故，爸媽那邊剛起床，正好都在線上，於是她索性坐在車裡專心回應。然而還沒聊上幾句，陌生的嘎吱嘎吱聲忽然自背後響起，她警覺地抬起頭，透過後車窗玻璃，正好看到一名穿著黑背心黑皮褲的男子，從半開的門外鑽進來……

如初驚呼一聲，下一秒，宵練劍瞬間消失，男子從距離地面不到二十公分的超低空，腳下一個踉蹌，摔了下來。

事情發生得太快，如初叫出聲才發現進來的原來是蕭練。他在單膝一沾地之後立即跳了起來，渾身肌肉緊繃，如臨大敵般環顧四周一圈後猛然憑空一抓，宵練劍頓時被他握在手中。

這是怎麼回事？如初一頭霧水地推開車門走出來，看到的便是蕭練像從來沒看過自己的本體劍似地，將劍拿到眼前仔仔細細一寸寸查驗。

「你在幹麼？」如初跑到他身邊小聲問。

「剛剛有一瞬間，我感覺不到我的劍。」蕭練神色凝重。

「你的劍就是你啊，怎麼可能感覺不到？」講到這裡，如初猛然打了個寒噤，驚惶四顧問：「王鉞？」

蕭練心一動，立即搖頭：「不是他，即使時間暫停的時候，我跟我的劍都還有聯繫，但是剛剛……」

他邊說邊鬆開手，任憑宵練劍懸浮在腳旁邊，過了片刻，謹慎地踏了上去，站在劍上，然後低空在車庫裡飛了一圈、一圈、又一圈。

如初從來沒看過蕭練用這麼小心翼翼的態度飛行，她茫然看著他繞了好多圈，繞到她頭都暈了，只能盤腿坐在地上，舉著脖子眼巴巴地繼續目送他繞圈圈。

十來圈過後蕭練跳下劍，故作輕鬆地說：「沒事了。」

「眞的嗎？」如初直覺不對。

「眞的。」剛剛的意外是眞，如今的安然無恙也是眞，他還在度蜜月呢。蕭練強壓下心底的疑惑，對如初伸出手，說：「有家餐酒館就在附近，五年前我來住的時候生意火紅，不接受訂位，排隊一排一兩個小時是常態，現在不知道怎麼樣了，陪我去看看？」

「好啊。」她開心地跳起來，身體晃了晃才拉住他的手，說：「一起去。」

扣掉第一晚來時的小小驚嚇，如初對於自己的蜜月選擇，相當滿意。

如果說在賭城的日子是精采刺激，那麼這一站便是歲月靜好。城市半新半舊，他們幾乎都在舊的一半裡打轉，伴著教堂的鐘聲，花上一整天在鋪滿鵝卵石的狹窄老街出沒，逛舊書店，欣賞好幾個世紀前的古城牆與紀念柱，走累了便鑽進旁邊的小咖啡店，時光輕輕鬆鬆溜走，沒有時間表，沒有目的地。

她自認玩得愉快，然而蕭練卻注意到，如初的臉色一天比一天蒼白，也一天比一天嗜睡。

來到這個城市的第七天，就是萬聖節。市中心晚上舉辦大遊行，他們原本說好了要參加，但是當如初昏昏沉沉睡過一整個下午後，到了黃昏，蕭練忍不住開口說：「算了吧。」

「可是錯過今晚，以後我們即使來住，也很難再碰到了。」如初雙手合十，星星眼說：「拜託。」

來時在大雨中令人無語的布置，第二天在陽光下立即轉變成趣味感。過去幾天，欣賞萬聖節的庭園成了她的一大樂趣，今晚的群魔亂舞將節日的儀式感推上高潮，不參加就太可惜了。

「好吧，但是……」蕭練忍不住問：「去就算了，臉一定要畫成這樣？」

如初指著鏡子說：「你不覺得你眞的好適合？」

玉石般的皮膚質感根本不用打粉底，她只用了簡單的眼影勾勒，頓時讓蕭練整張臉在頹廢中顯露出一絲致命的吸引力，再穿上繁複蕾絲的華麗襯衫，活生生就像電影裡走出來的千年吸血鬼。

爲了不掃興，蕭練只用聳聳肩當回應。如初興致高昂地衝上樓換衣服，半小時後她款款自樓梯走了下來，蕭練先是眼睛一亮，接著想想又覺得不太對：「這樣恐怕不適合萬聖節？」

她穿了一套全白的漢服，撐著一柄繪有青青楊柳的油紙傘，整個人看上去飄飄欲仙，可以直接去演仙俠劇，卻跟節日的氣息完全不合拍。

如初抿嘴笑了笑，轉個身，一條粗大的蛇尾巴赫然從她長裙裙擺裡鑽了出來。

她再走兩步路，來到他面前，蛇尾跟著款款擺動。蕭練吹了聲口哨，說：「懂了，白蛇傳。」

果然妖魔鬼怪。

遊行的隊伍非常盛大，幸好他們提早到，位置還算前端。人群裡小朋友跟寵物特別多，小小狼人戴著毛茸茸的耳朵，一手提著南瓜燈、一手牽著披著黑斗篷的狗，鑽來鑽去逢人就要糖果。還有兩個小小艾莎公主盯上了如初的蛇尾巴，跟在她後頭像跳房子似地在尾巴兩端跳來跳去，無端幫她吸引不少目光，反倒是蕭練的扮相雖美，卻因爲造型常見而泯於眾人之中。

走著走著，如初一抬頭，赫然看見不遠處的山丘上，矗立著一座哥德風的老教堂，刻了鬼臉的大顆南瓜燈散在路邊，機動的木製黑色蝙蝠在遊客頭頂飛來飛去，笑瞇瞇的鬼修女穿梭在人群裡發散福音，明明只是個給小朋友討糖吃的節日，卻被愼重對待，大家一本正經玩得不亦樂乎。

「我聽到樂團的聲音。」蕭練也抬頭望去，傾聽片刻又說：「百年了，管風琴保養得眞好。」

遊行隊伍裡有不少人拐了個彎，走進教堂。如初興之所至，問：「那我們要不要進去看看？」

「當然，跑！」後面來了好幾隻大恐龍，以輾壓姿態在遊行隊伍裡橫衝直撞。蕭練當機立斷，抓著如初的手便往前跑。

跑上教堂前的臺階時，如初已經喘不太過氣來，底下川流不息的人潮像一條緩慢移動的光帶，她扭頭眺望時，忽然聽見蕭練輕聲說：「骷髏之舞。」

正好有一群身穿骷髗服裝的人打開教堂大門，魚貫而入，點點燭光伴隨著幽魂遊蕩般的樂聲從門縫裡透了出來，另有一番景象。

如初好奇問：「教堂裡面還有萬聖節的節目？」

「燭光音樂會。」蕭練憑藉耳力，早已聽清楚了一切，他對如初解釋：「自由入場，現在正在演奏《骷髏之舞》，快結束了……吱咯，吱咯，吱咯，死神的韻律，用腳跟敲打著墳墓，每根骨頭都歡欣鼓舞。」

最後幾句蕭練用哼的，他瞥見如初臉上超級無語的表情，忍笑說：「這首曲子據說來自法國詩人的一首詩，描寫萬聖節，剛剛我唱的就是最後幾句。」

「都變成骷髗了還可以這麼歡樂？」這次換如初一把拉起蕭練，信誓旦旦地說：「走，我們不能輸。」

玩到現在她整個人都有點瘋了，不過有人陪，不怕。如初往上走了幾步，推開了教堂大門，一步跨進去。

室內沒開燈，卻在頭上跟腳下點燃了千百根粗壯的白色蠟燭，燭光鋪陳開來，將四周彩繪玻璃映照得如夢似幻，怪異又神聖，兩種極端不協調的氣質，融合在同一個空間。

剛剛的曲目正好結束，帶動一群聽眾咳嗽的咳嗽，起身的起身，如初牽著蕭練的手趁亂入座。才剛坐下，戴著華麗面具身穿燕尾服的指揮又舉起指揮棒，而隨著他的手勢舞動，樂聲響起。

與方才的狂歡完全相反，旋律纏綿連貫，樂句極長，刻劃出一段旅程，負重已久的孤獨旅人，行經死亡的幽谷。

從第一顆音符躍出開始，如初便驚訝地張大了眼睛。等音樂告一段落，她與蕭練同時看向彼此，一前一後開口。

她說：「這是我第一次遇到你的時候你吹的曲子？」

他點點頭，補充：「拉赫曼尼諾夫。」

就在最不可能的時刻，最不可能的地方，遇到了意義深遠的事物。

絕對是巧合吧。

就在如初這麼想的時候，忽然感覺到蕭練握住她的手，低聲開口。

他說的是古文，如初聽不懂，但覺語調非常莊重，像獻給神明的祭歌，暗藏可裂金石般的堅決意志。

她小聲問：「你說什麼？」

「我原本寫下的婚禮誓詞，神父嫌拗口，勸我換掉，但我還是想講給妳聽……」

蕭練對如初笑笑，換成她聽得懂的現代語言，在她耳邊說：「執子之手，承汝之憂。願為甜釀，盈汝之杯。但為明燭，為汝之光。永配此誓，與汝共死生。」

很久很久以後，久到時間對她而言幾乎已經毫無意義的時候，如初回顧，發現蕭練對她說出誓言的那一刻，是所有幸福的頂點。

而眾所周知，抵達頂點後，隨之而來的便是墜落。

5. 我只知道我不要因此失去妳

音樂會午夜才結束，他們直到凌晨才返回住處。如初倒頭就睡，一直睡到隔天中午起床，赫然發現自己身上多了好幾處瘀傷。最嚴重的發生在左膝蓋，整個被黑青色的瘀血覆蓋，看上去頗嚇人。

「什麼時候撞到的？」因爲不太痛，如初覺得沒什麼，還有閒心猜想。

她不當回事，蕭練卻頗緊張。他立刻放棄當天行程，拉著如初進醫院掛急診。也幸好他堅持了，因爲原本只是看起來嚇人的傷，在抵達醫院之後，腫出一個拳頭大小的包。

處理完傷處後，在蕭練的堅持之下，如初又去做了抽血檢驗。結果報告一出來，把醫生給嚇了一跳。她指著螢幕對如初說：「妳貧血，嚴重缺鐵，也缺鋅、鈣、鎂、銅、鉛……基本上缺乏幾乎所有的微量元素，奇怪，有些元素只要晒晒太陽人體就能自然生成了，怎麼會缺成這樣？」

醫生看著螢幕上的化驗結果，一臉不解，蕭練看著螢幕，一臉嚴肅；如初則看著螢幕，一臉狐疑。

這串元素的組合很眼熟，在哪裡見過呢？

包紮妥當，領了藥，回到住處後，蕭綀出門採購雜物，留如初一人在別墅。她抱著手機東翻西找，最後在雲端上一個幾年前建立的檔案夾裡，找到一本書。

彼時她剛經歷了電梯墜落事件，親眼目睹蕭綀喚出長劍，載著她飛上電梯井。爲了找出合理的解釋，她上網亂買了一堆雜書。其中有一本，試圖以科學解釋古代鑄劍師以身殉劍，其實是因爲鑄劍需要微量金屬元素，而正好人體的骨骼跟血液裡也蘊含了這些元素，因此將人推進劍爐裡跟劍條一起燒。在這本書的最後一章，作者直接貼上一張元素週期表，寫著就科學角度來說，其實以身殉劍算合理，然而就生命珍貴的角度，要達到同樣效果，大可不必用活人，屍體一樣很好用……

如初盯著週期表，打開手機，找出今天的化驗報告，然後擺在書頁旁邊，一個元素一個元素做對比。

完全相同，一個都沒漏下，像是有人從她體內不斷抽取這些元素，用以鑄劍。

太誇張了。

如初放下手機，卻在起身時一腳踢翻了背包，一個小包裹從背包裡掉了出來，是她上次去醫院時領回的新婚夫婦禮物包。

鬼使神差地，她打開小包，然後陷入沉思。

又過了十幾分鐘，如初再度打開手機，查看行事曆。

瞪著日曆兩週前畫了紅圈的日子片刻，她收起手機，走上樓，將自己關進附帶浴室的主臥房。

接近冬天，天黑得快，五點左右整間房便暗了下來。蕭練放下雜物後上樓找了一圈，無論怎麼呼喚都沒得到回應，最後他推開主臥房房門，打開燈，赫然看見如初就坐在床邊，手裡拿了一支白色長條狀的物品。

她的神色非常奇怪，在恍惚中帶著欣喜與迷惘。蕭練走到如初身前，抱住她問：「怎麼了？」

如初舉起試劑，上面顯示兩條線。

蕭練的表情明白寫著他看不懂，如初於是解釋：「驗孕棒。」

蕭練的表情沒有變，如初於是又加一句：「我懷孕了。」

蕭練的表情持續沒有變化，如初開始胡思亂想，嗯，如果他敢問一句：「是我的嗎？」她絕對要狠狠揍他一拳……

「妳貧血，是因爲懷孕的緣故？」蕭練終於開口了，話題卻跟她想的完全不一樣。

他緊緊盯著如初，又問：「還有什麼別的症狀沒有？」

他的表情還是沒有任何變化，如初有點心慌。她回憶了一下，簡單表示自己近期頭暈發作的次數稍嫌頻繁，但除此之外身體還不錯，能吃能睡，傳說中懷孕初期噁心想吐的感覺完全沒有出現……

蕭練像戴了面具般，連眉毛都不動，安安靜靜聆聽。等如初說完，他用力握住她的手，問：「妳確定？」

「我沒有必要騙你啊！」如初好笑之餘又感覺有點受傷，她問：「你不高興？」

蕭練搖搖頭，也不知道是想表達什麼，便機械式地站起身，摸出手機迅速打電話。

他開擴音，電話的另一頭是含光，蕭練一句寒暄都沒講，直接丟出一句：「如初懷孕了。」

「不可能！」含光立刻反應。

這下如初不幹了，她湊近手機，大聲抗議：「爲什麼不可能？」

「通婚的例子不少見，但我沒聽過任何這樣的先例，如果是眞的，爲什麼現在發生？爲什麼是妳？還有爲什麼——」

「已經發生了，現在她需要醫療支援。」

蕭練打斷含光的發言，同時取消擴音，拿起手機走到一旁，用冷靜異常的聲音開始跟含光討論。如初站在原地，越想越氣，整個人就快變成一隻氣炸了的河豚。

等蕭練結束電話，轉回頭，就見妻子氣鼓鼓地瞪著他，再問：「我懷孕，你不高興？」

他的情緒太過複雜，言語無法描述。

蕭練走到如初面前，屈下一膝跪倒，雙手環住她的腰，將耳朵貼在她的小腹上。這是一個聆聽嬰兒心跳的動作，但他什麼都沒聽到。

「我不知道。」他維持同樣姿勢，悶悶地說。

「什麼意思？」如初問。

「我不知道我高不高興，我甚至不知道自己現在是什麼感覺。」蕭練抬起頭，仰視著她，說：「我只知道，我不要因爲這樣失去妳，絕對不要。」

這一回，他顯現出了情緒——恐懼。

如初的氣忽然就消了，她摸摸他黑色的短髮，柔聲說：「我很好。」

「妳不好，缺乏微量元素會讓人體喪失免疫力，他、他在消耗妳的生命……」

蕭練倏地站起身，無頭蒼蠅般在客廳轉了兩圈後直奔餐廳。如初跟著走了進去，只聽見他抓著電話報住址。

三分鐘後，一個大鬍子醫生拎著醫療包滿頭大汗跑進來，疊聲詢問病人在哪裡？

你叫醫生來幹麼？

如初用控訴的眼神看向蕭練，後者理都不理她，繼續跟醫生溝通。過了片刻，醫生掏出聽診器，一邊嘴裡嘰哩咕嚕比手畫腳，一邊靠近如初，粗魯地將聽診器貼在如初的衣服上。

這太過分了。

情緒才剛升起，下一秒，像是有隻看不見的手忽地抓住了醫生掛在脖子上的聽診器，狠狠往後一扯。醫生倒退了兩步，撞上身後矮櫃，上頭的一只青瓷花瓶搖了搖，跌落在地上，摔得粉碎。

如初愣住了，醫生表情也茫然異常，他抓抓頭，左右環顧一圈，隨手又抓起聽診器，一搖一擺地又要走上前，蕭練忽地跨一大步，擋在醫生與如初中間。

如初一頭霧水看著蕭練扯了個理由，不由分說送走醫生，關上大門，這才回過神，僵直地朝蕭練問：「剛剛那是……」

「有股力量在作用，圍繞著妳展開的力量。」

蕭練說時垂下了眼。如初跟著他的視線，看到自己的小腹。

她莫名心慌了一下，問：「爲什麼看我？」

「不是看妳，是看他。」蕭練聲線繃得極緊，如臨大敵般緩緩又說：「我們一化形就有異能，以此類推，他只怕也一樣。」

「剛剛那個是異能？」如初轉念一想，欣喜地問：「寶寶有異能？」

「……寶寶？」

「對啊，他是『我們』的寶寶。」

「我們」兩字加重音，如初開開心心地拉著蕭練的手，放在她肚子上，又說：「寶寶，這是爸爸喔，打個招呼。」

砰砰。

心跳聲響起，蕭練變了臉色。

6. 罪魁禍首

一開始，如初並未察覺蕭練的不對勁。她沉醉在「寶寶居然有異能」這個念頭上，於是想方設法逗寶寶再施展異能。

然而面對母親的興致勃勃，寶寶顯得十分冷淡，無論如初拿起任何東西，包括但不限於馬克杯、毛巾、抱枕等等，都沒有任何異常發生，直到如初拿起了奶油刀，試著用刀尖點了點自己的指尖……

她忽然感覺到一股微弱的抗力。

再點一下，抗力又不見了，如初狐疑地拿起刀，還沒來得及看個仔細，坐在一旁的蕭練忽地閃電般出手，用食指中指夾住如初手中小刀的刀刃。

緊接著，一抹銀光自蕭練手中飛了出來，插在旁邊的沙發墊上。

並不鋒利的奶油刀幾乎完全沒入沙發墊裡面，只留下短短不到一公分的刀柄。如初看著自己空蕩蕩的手，目瞪口呆，蕭練抽出奶油刀，淡淡地說：「我碰到刀刃之後，另外有股力量，把刀從我手裡撥了出去。」

「所以，寶寶的異能到底是什麼？扔刀子？」如初一頭霧水發問。

蕭練一言不發走進廚房，抓起流理檯上的珐瑯鑄鐵鍋，轉身便朝如初扔了過去。

如初根本反應不過來，整個人僵在當場，然而淡藍色的小奶鍋在即將碰到她肩膀時，像是被一隻看不見的手握住，在空中停頓了半秒，接著循原軌跡狠狠朝蕭練加速飛了回去，氣勢洶洶的模樣像是非砸到他不罷休。

一個小奶鍋對蕭練而言著實毫無威脅力，他輕鬆地接過鍋子擱回原處，隨手又朝如初扔了一個玻璃杯，這一回，玻璃杯擦著如初的肩膀斜飛而過，撞在牆上碎成一灘玻璃渣。

「就目前情況判斷，他能控制金屬，也只能控制金屬……妳別過來。」蕭練拿起吸塵器走進客廳清理玻璃渣。

剛剛站起身的如初依言又乖乖坐下，她歪頭想了想，眼睛一亮，問：「剛剛那兩次，寶寶是不是在保護我啊？」

「不排除這個可能性。」蕭練的語氣益發淡漠，但如初沒注意。

她接著好奇又問：「那爲什麼一開始我刺我自己的時候他沒什麼反應？」

「他對外界的感知來自於妳，大概妳覺得不危險的事，他也覺得沒必要管。」

蕭練收起吸塵器，如初自言自語了一句「原來如此」，忽地朝蕭練伸出手，說：「借我你的劍。」

宵練劍頓時出現，懸浮在如初面前。如初握住劍柄，打量了長劍片刻，然後把劍橫在頸子上擺出自刎的姿態，用力往下一壓。

蕭練臉色大變，然而他還沒來得及採取任何動作，宵練劍便自行從如初的手中掙脫，噹地一聲掉到地面。

如初還沒搞懂發生了什麼事，蕭練就在第一時間看向劍，說：「我又感覺不到我跟劍的聯繫了。」

「……又？」

「跟上個禮拜車庫裡發生的情況一模一樣。」蕭練的目光移向她的小腹，又說：「終於找到罪魁禍首。」

這語氣聽起來實在不算友善，如初忍不住反駁：「寶寶不是故意的啊！而且你剛剛也承認，他都是爲了保護媽媽的呀。」

「妳想太多，他只是確保自己的安全而已。我們從化形成人有了意識之後，便以生存爲第一考量。若非還需要借住在妳體內，他根本不會在乎妳的死活。」蕭練回答。

這話太重了。如初一直若有若無地感受到蕭練對寶寶的敵意，但直到現在她才了解，蕭練是把寶寶跟他自己擺在同等地位看待，可是，這……對寶寶來說太不公平了！

她慎重抗議：「拜託，蕭練，就算我們，嗯，第一次那個就懷孕，他還只是不到一個月大的寶寶而已！」

「可以擋下我的劍的『寶寶』？」蕭練搖頭，鄭重說：「別把他當做一般嬰兒看待，他不是，他會要了妳的命。」

如初從倒數第二句話起就用手指堵上耳朵，用力搖頭：「不要跟我講寶寶的壞話，我不愛聽。」

玻璃渣處理乾淨了，蕭練走過來蹲到如初面前，仰起頭看著她眼底一圈淡淡的黑青，無奈地說：「妳該睡了。」

憑表情判斷蕭練沒再攻擊寶寶了，如初放下摀住耳朵的手，問：「你把宵練劍收回去了沒？」

「早收了，他也就只能阻隔半秒，實戰毫無用處。」蕭練語帶不屑。

一個月不到的寶寶扯什麼實戰？

如初心裡碎碎念，表面卻不顯露，只笑咪咪合掌問：「那我們再實驗一下下寶寶的異能好不好？」

「但妳眞的該休息……」

「一下下，一下下就好！」

這「一下下」持續到午夜。在不斷修正重複的實驗下，最後證明，寶寶起碼能控制兩種事物——靠近如初的金屬物品，以及蕭練的劍。

金屬通常都只會單純被反彈然後以各種奇怪軌跡飛離如初，宵練劍則在接近如初時徹底跟蕭練失聯片刻，然後重歸他的掌握。

牆上的大掛鐘超過十二點時，如初已經全身無力，眼皮沉重得像掛上了鉛塊，落下了就拉不起來。

她慢慢握著扶手爬樓梯準備回臥房睡覺，走到一半忽然想起什麼，又扭頭對蕭練說：「寶寶的異能有點像麟兮耶。」

都屬於防護型，只不過寶寶特別針對她來保護，真是貼心。

蕭練皺著眉頭不答話，如初刻意哼了一聲扭頭就準備繼續往上爬，孰料轉太急，眼前一陣黑，整個人頭暈目眩，差點就跌倒在樓梯上。她緊急一把抓住扶手，正慶幸還好沒事，忽地感到右手大拇指一陣劇痛。

如初嘶了一聲舉起手，赫然看到大拇指指甲上半緣整片被掀開，指甲裂了一半，鮮血正從裸露在外的肉裡一點點往外冒出來，看起來相當恐怖。

雖然明知不是什麼大傷，如初還是嚇到了。她握住自己大拇指的下半部，慢慢蹲了下來，坐在樓梯上，痛得眼淚一顆一顆往外掉，腦筋一片空白。

蕭練迅速跑過來，伸手將她抱了起來，直接走進臥室。

他將如初放在床上，拿出醫療箱俐落地幫她上藥包紮。慢慢不痛之後如初淚眼矇矓地問蕭練：「你怎麼還會包紮傷口啊？」

「我一化形就上戰場，有過很多很多人類戰友，經驗豐富。」蕭練用輕鬆的口吻回答後，拍拍她的背，用哄小孩的口吻說：「睡吧。」

「啊，上一次指甲被掀掉還是大學住校，室友開門夾到我的腳，喔，那次也是大拇指，腳的……」

雖然備受驚嚇，但她顯然累極了，講到最後兩句根本口齒不清，頭一歪便發出輕微的鼾聲。等如初徹底睡著之後，蕭練的神情一轉變得十分嚴肅。他一隻手繼續摟著她，另一隻手則取出手機，開始上網查詢。

隨著時間過去，他的臉色益發凝重，一個多小時後，蕭練小心地放開如初，檢查傷口確定已不再滲血後，他站起身，關上臥室房門，走到客廳開始打電話。

如初一直睡到中午才醒，她懶洋洋地打了個呵欠，一睜開眼卻看到正對床前的衣櫃大開，裡頭空盪盪地，所有衣物統統不見影蹤。

遭小偷了？

雖然感覺不太可能，這景象還是讓如初瞬間清醒，她用沒受傷的手扶著自己慢慢爬起身，然後就見蕭練一手拎著一個大行李箱，正要將行李箱運出臥房……

「你在幹麼？」如初出聲問。

「我找醫生聊了聊，他說人體缺乏微量元素指甲容易斷裂。」他放下行李箱，用不容反駁的語氣對如初說：「妳的情況不能再惡化下去，我們立刻回家。」

「回家？」如初愣了一下，直覺搖頭：「我不可能跟爸媽解釋寶寶的狀況啊。」

「回老家。」蕭練走到她身邊，用雙手小心翼翼環住她，又說：「私人飛機準備起來太慢，我剛訂好一架巨無霸客機的套房艙，獨立房間，有床，妳可以好好休息。四小時後起飛，二十四小時內抵達四方市。」

「這麼快？」如初頓了頓，忍不住問：「有必要嗎，我們還在度蜜月……」

蕭練打斷她的話，語速加快說：「蜜月我以後一定補給妳，但這傢伙長得太快了，現在妳只是指甲斷裂，接下來還不曉得身體會因爲他受到什麼樣的損害，我們得爲最壞狀況做準備。」

蕭練說到這裡，忍不住用嫌惡的眼神瞥了如初的小腹一眼。但他非常克制，迅速收回目光後又抬起頭，若無其事地問如初：「妳繼續休息，我來收妳的東西？」

「呃，其實我可以自己來……」

如初掀開毯子，又一陣天旋地轉，她勉強扶著蕭練站起來，卻發現身體在一夜之間變得十分沉重，連多走兩步路都嫌吃力。

無可奈何之餘，她只能坐在床上看蕭練用秋風掃落葉的姿勢，將梳妝檯上的保養品化妝品一股腦悉數掃進一個塑膠袋，然後整袋扔進行李箱。

這種整理行李的方式當然很有效率，再過半小時，蕭練滿屋子走了一圈，確定沒有遺落任何物品後走到如初面前蹲了下來，捧起她的手看進她的雙眼問：「接下來的一切，都由我安排，妳只管相信我，好不好？」

他的神情太過慎重，連帶如初也跟著慎重了起來，她緊張地點點頭，說：「一定。」

想想她又加一句：「寶寶也是。」

蕭練垂下眼，說：「走吧，我叫了車去機場。」

出門之後如初才發現，蕭練不但安排了寬敞的小廂型車，甚至於還幫她備妥輪椅，堅持不讓她自己走路。

她一路舒舒服服抵達機場，登機過程也順利到不行，然而起飛之後，躺在套房艙的雙人床上，如初卻發現，她又感覺到眼皮沉重，整個人好累、好累……

「睡吧。」蕭練若無其事地上床，側臥在她身邊，親了親她的臉頰。

沒什麼好擔心的，疲憊絕對是懷孕的正常現象，閉上雙眼，臨睡著前，如初這麼告訴自己。

也不知道睡了多久，再醒過來，床的另一側已經空了。門邊傳來斷斷續續話語聲，有一陣沒一陣的，聽起來像蕭練正在講電話。

飛機上也能講電話？

如初揉了揉睡到發酸的後頸，吃力地用一隻手撐著坐起來，轉身準備下床。然而儘管她自認動作已經夠小心了，雙腳才剛落地，細微的喀擦一聲，鑽心的疼痛便自左腳腳底湧了上來。

如初痛到發不出聲音，她渾身發抖，喘著氣努力撐住自己，下意識不改變姿勢，避免造成更多意外。

下一秒，蕭練衝了進來。

他跪在床前，輕輕捧起她的左腳檢查了一下，低聲說：「骨折了。」

抬起頭，盯著她完全平坦的小腹，蕭練慢慢地、咬牙切齒地又說：「他快把妳吸乾了！」

「先扶我一下……」如初的牙齒還在打顫，腦筋卻轉得極快，她勉強出聲，又說：「大量鈣質流失會造成骨質疏鬆，容易骨折，我、我現在一舉一動都需要很小心……」

更糟的是，睡眠並沒辦法幫她恢復體力，過去四十八小時，每次醒來都感覺力量一點一滴自體內流失，而且速度越來越快。

但同時，她也感覺得出來，肚子裡的這個小生命，正蓬勃發展。

她得趕緊找出方法，就現在這個狀況，跟寶寶溝通。

蕭練抱起她，將她移到床中央，背靠著床板而坐，又拿起比較硬的腰枕幫她墊在後面，讓她有所支撐。

雖然腳還是極疼，但如初總算鬆了口氣，眼角不自覺滲出一滴生理性的淚珠。她用手背抹掉眼淚，深吸一大口氣，平靜地告訴蕭練：「請空服員去問問看飛機上有沒有醫生，可以處理骨折的。」

「對、醫生！」蕭練小心地放開她，隨即伸手抓向床邊的對講機，背影明顯表露出慌張。

空服員給出回應，蕭練再三確認她能獨處之後，不放心地出了艙門。如初目送蕭練明顯亂了章法的身影消失之後，舉起雙手放在小腹上，看向窗外。

外頭雲層非常厚，什麼都看不見，她靜靜思索了片刻，伸手關掉燈，讓室內與室外一般暗，接著低下頭，在黑暗中輕柔地撫摩著小腹。

蕭練他們一化形便有著成年人的智商與身體，而普通人類則需要經過懷胎十月、呱呱墜地，再花上十幾二十年成長。

寶寶是蕭練跟她的結合，也許，成長速度也介於他們倆之間？

過了片刻，如初啞著嗓子開口說：「寶寶？」

沒有任何反應，如初用略爲嚴厲的語氣，又問：「醫生聽診器那件事，是你弄的，對不對？」

一股委屈的心情自體內油然而生，但如初很清楚地知道，這份情緒並不屬於自己，而是來自另一個生命，就在她肚子裡面。

寶寶聽得懂，也能給出反饋？

但寶寶顯然不曉得他害媽媽受傷了……等等，不對，他需要營養長大，也就努力吸收了，這當然不能怪他。

如初想了想，決定先別提自己受傷一事。她輕咳一聲，再問：「還有之前蕭練、就是你爸爸，他進車庫、從劍上掉下來那次，也是你？」

委屈的心情更強烈了，還夾雜著一股依賴感。如初不自覺嘴角上揚，用哄小孩的語氣問：「爲什麼要這樣？」

體內的心情開始模糊混亂，最明顯的是焦躁，像是寶寶聽得懂，卻無法以情緒傳達來解釋，因此生氣不安。

如初抱著肚子自言自語：「好，不急不急，讓媽媽猜猜看，你爸爸跟那個醫生，相同的地方在哪裡……」

情緒，如果寶寶只能以情緒表達意見，那麼他所感受到的外界，會不會也是透過她的情緒？

如初低下頭，看著小腹認眞說：「你爸爸飛進來那次，我不知道是他，嚇到了。」

體內的心情轉而帶點期盼，她應該是猜對了，如初繼續推理：「至於那個醫生……他絕對是嚇到我了，一定也嚇到你，對不對？」

砰砰。

兩聲心跳聲響起，如初感受到兩股歡欣的情緒在體內糾纏，一個不知來自何方，另一個她非常肯定，屬於自己。

她笑出聲，低下頭問：「你想保護我，對不對，寶寶？」

砰砰。

這一次，沒有太多情緒，但心跳卻強勁有力，十分堅定。

「好、那聽媽媽說，我們需要找到辦法，讓我們兩個都能好好的，不然，會很麻煩……」

當含光在四方市機場接到如初與蕭練時，出乎他意料之外，氛圍並不像蕭練在電話裡所傳達的，瀰漫著沮喪悲觀。

如初裹著厚厚的羊絨毯子坐在輪椅上，一隻腳打了石膏，看得出來身體雖然虛弱，但精神卻還算可以。她慢慢舉起手，朝他小幅度揮了揮，說：「殷組長好。」

「妳骨質疏鬆的情況沒再繼續惡化？」含光問。

「後來又出現一些演變，有點複雜，路上跟你講。」蕭練接話回答。

含光點頭，再問：「爲什麼不住老家？那裡別的不說，起碼安全性最佳。」

「住回以前的公寓，環境比較熟悉，對孕婦的心情比較有幫助。」蕭練繃著臉，又說：「更何況，現在對如初最大的威脅並非來自外部，老家的特殊性幫助有限。」

「好。」含光頓了頓，說：「我也做了些研究，路上一併溝通。」

於是，在回公寓的路上，含光得知了如初能與寶寶溝通，以及……

「寶寶的異能又起了變化？」含光震驚地望向後座的如初。

如初開心地點點頭，蕭練直視前方，將車開到不能再穩，同時說：「範圍變大，掌控力也變強，不過萬變不離其宗，就是控制金屬跟阻絕我們跟異能之間的聯繫……」

他頓了頓，低聲又說：「我懷疑，他在學習如何操控我們的本體，畢竟同為金屬。」

「那不跟控制我們一樣？」含光驚愕到不由自主提高了聲音。

「還不確定啦。」如初插嘴解釋：「蕭練也只是懷疑，而且畢竟，他是寶寶的爸爸啊，搞不好寶寶能動宵練劍就只是親子之間的特殊聯繫——」

「不管哪一樣，都千萬別走漏風聲，一絲一毫都不能傳出去。」含光打斷如初的話，看向蕭練又說：「倘若此事為真，會掀起多大風浪，你可以想像？」

「當然。」蕭練沉聲回答。

含光長長呼出一口氣，自言自語似地說：「還好我謹慎，接到你們消息誰都不講，只要承影帶麟兮趕緊回四方市……對了。」

他轉過頭，對正在看窗外風景的如初說：「雖然妳的情況特殊，但我思來想去，科技應該還是能幫上一點忙，所以託關係訂購了一批儀器，特別要求加速處理，明天會到，妳今天先好好休息……」

不得不說，殷含光辦事效率一流，短短不到二十四小時的時間，他不但將如初與蕭練以前住的兩間公寓打掃得乾乾淨淨，單人床換成了雙人床，還貼心地添購了全套生活用品，從床單、衛生紙到廚具應有盡有，更在浴室臥房加裝扶手跟看護鈴，完全把如初當成重症病人對待。

抵達四方市的第一晚，如初窩在蕭練懷裡，看著窗外熟悉的風景，難得地睡了個好覺。

第二天早上，門鈴聲響起，蕭練打開門，就見門口堆了數個跟人差不多高的大紙箱，含光站在一旁，雙手抱胸，神情嚴肅。

他將紙箱推了進來，指揮蕭練幫忙拆封。當如初滑著輪椅進客廳時，含光已打開其中一部儀器，正照著說明書蹲在地上接電源線。

如初好奇地繞了一圈，然後問：「我不可能是第一個跟你們結婚，然後懷孕的人吧？」

含光臉上出現片刻迷茫，接著站起身說：「就我所知，是。」

蕭練對她聳聳肩，臉上寫著「我早告訴妳了」。

「可是，這不可能啊……」如初還是不信。

「也許這世界上曾經存在另外一個化形者，跟人類結婚，有了後代。但很顯然，我之前不知道，而到了現在，更不可能到處打聽。」含光頓了頓，斟酌著又說：「更何況，妳也夠特殊的了，如果寶寶是獨一無二，我並不訝異。」

如初完全忽視含光的後半句，她瞪大眼睛問：「你的意思是，我們只能靠自己了？」

虧她在飛機上還滿心期待這次可以跟對付封狼一樣，大家同心協力呢。

一雙手落在她的肩膀，蕭練無奈的聲音自頭頂傳來，他說：「我也認為，這樣對妳最安全。」

「安全」兩字稍微讓如初平靜了下來，她咬咬牙，問：「那、那我們現在……」

含光拍拍身旁比人還高的器材，說：「既然他在妳肚子裡，那人類的醫學知識應該還是有幫助，只不過不方便讓人類的醫生來操作，但是沒關係，該有的知識我們也都有……」

他一邊說話一邊開起開關，機器嗡嗡作響，含光拆下探頭的包裝紙，推著儀器走近如初，說：「這部是超音波照相儀，用來檢查子宮，操作很簡單，老三你也過來學一下──」

「大哥小心！」

「殷組長，不要！」

蕭練與如初一前一後開口警告，然而來不及了。在探頭碰到如初的那一剎那，碰地一聲，無數塑膠橡皮伴隨著金屬碎片朝四面八方輻射狀散開，堪堪只繞過了如初，就連站她身邊的蕭練都沒能倖免，衣服被劃破好幾道口。

這種程度的爆炸當然不足以讓含光受傷，卻足夠讓他的臉色變難看。

如初用手摀住臉，蕭練揉揉額角說：「他抗拒被觀察，舉凡針頭、聽診器，任何含金屬的醫療用品，只要屬於探測或進入如初體內的，一靠近都會變成剛剛那樣，他連血壓計都爆，完全無法溝通。」

「什麼時候起變成這樣？」含光問。

「出現徵兆是三十小時前，確認在飛機上。」蕭練想到那情景都忍不住搖頭：「醫生打完石膏剪繃帶的時候，剪刀被炸成兩半，差點出命案。」

含光才不關心命案，他繼續問。「如果醫療器材沒辦法靠近如初，那之後要怎麼做檢查？不做檢查要怎麼開藥？你們想過沒有？」

蕭練躊躇片刻，問：「中醫？」把脈只用一雙手就好。

「……也只能如此。」含光緊皺眉頭。

蕭練頓了頓，又提醒：「還有，只要離如初太近，我們的異能可能會自動失效，或完全跟本體失去聯繫，你自己留意……」

蕭練還沒講完，含光便舉起了右手。根據以往經驗，只要他心念一動，異能隨即發動，舉手這個動作，不過是習慣而非必要。然而當他舉起手之後，卻並無任何事情發生，含光瞳孔微縮，放下手再舉了一次，接著左顧右盼。

蕭練對含光的習慣心知肚明，他一聲不吭，直到含光舉到第三次手時才開口，問：「感覺到了？」

含光眼底劃過一絲暗光，問：「有沒有距離限制？」

「大概距離如初三公尺左右。」

說到這裡，蕭練忽然想起如初已經好久沒開口了。他走到她身邊，這才看見如初雙眼半閉半睜，用手支著頭，一副快睡著的模樣。

感覺到蕭練接近，如初努力睜開沉重的眼皮，朝他笑笑。同一時間，含光往後疾退，一直退到背抵住牆，才伸手在空中一抓，抽出銀白色的含光劍，對空狠狠劈下。

他身前驟然出現一個迷你版龍捲風，懸浮在半空中。如初被這景象吸引，睡意降了幾分，下一瞬間，像是有股外力推了這個龍捲風似地，龍捲風傾斜一個角度，旋轉著掠過含光的肩頭直衝往後，碰地一聲先撞上門，反彈後衝進餐廳，撞倒了原本擱在桌上的茶杯，才消失不見。

緊接著，暈眩感鋪天蓋地朝如初襲來，身體彷彿歷經一場漫長的馬拉松，透支了所有精力。她身子晃了晃，又頹了下去……

「初初！」

閉上眼睛之前最後看到的影像，是蕭練一把抱住她，然後有一股驚惶的情緒，在心底孳生。

碰碰。

她在心裡低語：寶寶，別怕。

7. 想盡辦法，活下去

將如初抱回臥房後，蕭練再度回到客廳，入目所見便是一個小型龍捲風像吸塵器般來來回回清掃地板，仔細將之前爆破的碎片吸起，扔進垃圾桶裡。含光坐在沙發上，捧著一杯熱咖啡皺眉沉思。

「他每次使用異能，都讓如初元氣大傷。」蕭練開口，語氣無比沉重。

含光將桌上的另一杯咖啡推給蕭練，說：「我剛剛想了想，科技並非全無用處，醫療器材幫不上忙，就從營養學著手。我去找營養師制定專屬的飲食計畫，看能不能靠進食補充一些被寶寶吸走的鈣鐵質跟微量元素——」

「大哥。」蕭練打斷含光，又說：「當務之急是趕緊把他給弄出來。」

「巧了，我剛剛也在想這個問題。」含光放下咖啡杯，一臉困惑地又說：「寶寶有異能，也具備意識，爲什麼他還需要待在媽媽肚子裡？我們可不必。」

點了事。」

蕭練埋下頭，將十根指頭插進濃密的黑髮之中，呻吟似地說：「管他為什麼，早點弄出來早

手機發出震動，是一則視訊通話邀請。幾秒後，承影滿懷憂慮的臉出現在蕭練的手機螢幕上，他說：「我請到了一位老中醫，明天跟我一起搭飛機來四方市。」

「多謝。」蕭練點頭致意。

含光探頭看螢幕上的承影問：「確定要保密，這種時候千萬不能出其他亂子。」

「這位人品我信。怕的就是對普通人能妙手回春的醫術，對如初半點都發揮不了作用。」承影頓了頓，又問：「你們有沒有考慮過，請『那位』出手？」

「誰？」

蕭練問完，見含光臉上出現微妙神色，馬上搖頭：「我信不過他。現在如初這麼虛弱，他要是把懷孕的消息傳出去，不管惹上任何麻煩，對如初來說都是一大威脅。」

「也對。」承影看著蕭練，忍不住安慰說：「如初不會有事，鼎姐的預見畫都還沒實現呢。」

蕭練苦笑了一下，答：「從這個角度，我倒希望預見畫能實現了。」

含光無言地拍了拍蕭練的肩膀，三兄弟心知肚明，凡事都有第一次，既然人類能孕育他們的後代，那麼鼎姐的預見失靈，也並非毫無可能。

一天後，承影請回來的老中醫用三根指頭搭在如初的手腕上，量了又量，半句不提「懷孕」兩字，只開了安神養身的湯藥，囑咐病人放輕鬆、心思別太重。

醫師一離開家門，如初馬上問：「他沒診出我懷孕了？」可是她明明都能聽見寶寶的心跳聲了！

蕭練用雙手環住她，說：「可能遇到疑難雜症他都用同一套處理。」

如初笑出聲，承影癱在沙發上，忿忿不平地說：「庸醫，我被騙了。」

含光慢條斯理取出手機，說：「還好我早就備下B計畫。」

含光的B計畫異常豪華。他找營養師團隊弄出一份飽含鐵質與鈣質的菜單，再交給國野驛的大廚每天燒好後新鮮直送到府，每天五餐，分別是早中晚以及下午茶加宵夜。

每頓餐點分量都不多，但樣樣精緻，看得出來花了極大心思，鵝肝鴨胸魚子醬，所有昂貴食材，只要能補血補鐵補鈣的，全都不要錢似地往裡頭加。

人生頭一次，如初被如此精細地餵養著，但好像也沒什麼用。食物吃到嘴裡的滋味越來越淡，昏睡的時間越來越多，同時她開始掉頭髮了。

出事的那一天，她先是對著自己的午餐，忽然控制不住地作嘔。然而飯還是得吃，就在她吐完用開水漱了口，拿起勺子，勉強自己吞下一口菠菜泥時，蕭練忽然走過來，拿起餐盤，三步併作兩步將營養餐扔進廚房裡的垃圾桶。

他走回客廳，蹲在如初面前，將臉埋在她的手裡，悶聲說：「妳不要再委屈自己了，喜歡吃什麼就吃什麼，勉強沒有意義……」

講到後來他的話已經語無倫次了，如初摸摸蕭練冰涼絲滑如上好絹綢般的頭髮，輕聲說：「沒事的，孕吐而已啊，我們都一起看過書……」

「胃口不好還吃這種東西，根本是折磨。」蕭練收拾好心情，抬起頭果斷又說：「今天停一天，妳想吃什麼，我去買。」

如初隨口點了幾樣，等蕭練離開，她靜靜坐在輪椅上一會兒，顫抖地伸出手，開始沿著自己的大腿跟往下摸。

就在剛剛，她忽然站不起來了。

還好，肌肉還有感覺，只是失去了支撐的力氣。她長長吐出一口氣，茫然驅動輪椅想要開門出去呼吸一下新鮮空氣，大門才剛打開，就見含光抱著一個大紙箱站在門口。

「我把妳的書以及一些雜物都帶來……」他講到一半，忽然停了下來，接著從口袋抽出一條手帕遞上前。

如初摸了摸自己的臉頰，一片濕潤。

什麼時候哭的？完全沒印象了。

她接過手帕擦了擦臉，仰起頭問：「推我出去走一走，好不好？」

含光沒問任何問題就安靜地推著她走在街上，聽她指揮改變方向。等接近雨令公司所在的廣廈附近時，如初忽然開口，急急說：「把我推到柱子後面。」

含光依言照做，緊接著，一對年輕男女從廣廈裡走了出來，手牽手頗爲甜蜜的模樣。他認出女方是修復室織品組前兩年來的修復師碧心，卻沒認出男方是誰……

「不想見前同事？」含光低聲問。

如初搖頭，又復點頭。

她剛剛多看兩眼便認出來，男方就是莊嘉木。剛來到四方市的許多往事飄過眼前，如初定了定神，仰頭回答：「不想說謊，也不知道該怎麼解釋我現在的狀況。」

含光默然片刻，誠懇地說：「辛苦妳了。」

「不苦。重來一次我還是會做出一模一樣的選擇。」如初將額頭抵在冰涼的石柱上，自言自語地說：「我不怕的，只是有時候會茫然而已……」

「這才剛開始，等度過這關，妳會發現，身爲異類無論如何都不容易。」含光的口吻老氣橫秋。

「這個你大錯特錯。」非常難得地，如初臉上浮起一絲微笑。

她目送嘉木與碧心的背影漸行漸遠，輕聲說：「我一直就是個異類，早習慣了。」

從那天起，如初過上了深居簡出的日子。

含光在與她商量後，決定動個小工程，將二三樓打通，在客廳的一角裝上小型電梯，擴大她可以活動的範圍。也將蕭練以前的臥房改裝成了產房，以及未來的嬰兒房。

某天早上，如初趁著睡醒精神還不錯，試搭了一次。她坐在客廳，舉頭仰望懸在半空、樓中樓形式的嬰兒房，忍不住問：「你是覺得，寶寶一生下來就能飛？」

「他一定有辦法。」蕭練敷衍回答。

體內傳來充滿自信的情緒，最近寶寶已經能聽懂部分周圍人的對話了，他的成長也體現在如初的肚子上，小腹已經有一點隆起，仔細觀察便可看出懷孕體態。

如初推著輪椅進入電梯，下二樓，走進臥室，拿出一罐藥膏，脫下衣服開始上藥。

過去這些天，她的皮膚越來越差，一碰就瘀血破損。疤痕不斷累積，舊傷還沒好就堆疊上新傷。剛開始如初還會讓蕭練幫自己擦藥，但最近她越來越不希望他看見自己難看的模樣，因此練習自助，在工具的幫忙下居然也都能做到。

擦完藥，她對鏡子裡的自己試著彎起嘴角。人類的韌性真的很強，她從來沒想過自己居然活成這個模樣，也還笑得出來。

穿上衣服後她難得還不怎麼想睡，索性驅動輪椅來到客廳。今天外頭的陽光十分燦爛，街道上的行路樹葉子都掉光了，從窗外看出去視野特別寬廣。

就在如初呆呆地看著窗外行人來往時，門鈴聲響起，她背對門，忽然聽見汪地一聲，轉過身看見麟兮歡樂地衝了過來，後腿一蹬便要撲在她身上。

她現在可經不起這一撲，如初下意識喊出：「不行！」

緊接著，麟兮彷彿被一股力量給凍結在半空中，先是全身周遭都泛出青銅般的金屬光澤，然後整隻狗在眨眼間變回青銅麒麟像，重重墜落在地面，將木頭地板給砸出一個凹洞！

如初半張嘴，完全說不出話來，承影從門外跨進來，吹了聲口哨說：「寶寶又進步了？厲害。」

聞聲衝過來的蕭練沒理會承影，只緊緊摟住如初，問：「妳怎麼樣？」

眼前一陣又一陣發黑，如初鎮定地點點頭，說：「我很好。」

過了幾分鐘，等麟兮終於能夠以狗的型態，在如初身邊繞來繞去而不至於被變回原形後，牠熟練地自行戴上牽繩，跟承影與如初一起出外散步。

經過附近公園時，正好一群小朋友穿了羽絨衣戴著帽子手套，像群毛茸茸五色繽紛的小鴨子般一搖一擺從他們身邊跑過去，如初停下了輪椅，靜靜凝視這幅景象。

她停留的時間太久，眼神也太過遙遠，承影正想著說點什麼，就見如初低下頭，從口袋裡掏出一個信封遞給他。

「遺囑，給蕭練的。」她這麼說。

她的語氣太過雲淡風輕，以至於承影接過信封後，還順口抱怨了一句：「幹麼不自己給……」

他打住，意識到手上握著的是什麼。如初重新推動輪椅，又說：「我一直找不到適當的時間，後來發現，拖下去大概永遠都找不到，但還是需要交給他，所以，拜託你了。」

如此重要的事，她三言兩語說完，表情平靜，口吻更平靜。

承影盯著手上的信封，說：「老三會瘋掉。」

「我會想辦法活下去。」如初舉起右手，發誓似地說：「盡一切努力。」

然而這世界上有些事情並非努力就可以做到，她得為那個可能性，做出準備。

麟兮聽不懂他們之間的對談，但能感受到忽然低迷的氣氛，牠嗚了一聲，咬住承影的衣服下擺，拖著他往前走了幾步，如初不急不緩地讓輪椅跟上。

兩人一狗又走了半刻鐘，承影才問：「為什麼選我？」

「其實我的第一選擇是杜主任，但他還沒醒。殷組長從來不在我的選擇範圍內，所以只剩下你。不過我忽然覺得，你比杜主任適合。」說到這裡，如初朝承影疲憊地笑笑，又說：「你不會安慰我。」

「選得好，我的確不懂怎麼安慰人。」承影苦笑。

如初瞥了一眼不遠處打打鬧鬧的小朋友，忽地問：「你們眞的找不到任何一個例子，跟我一樣，結婚，然後懷孕……生產？」

「坦白講，我看過的情況裡，唯一另一個誠心跟人類結婚，從頭到尾還能始終如一的，就是軒轅了。但我實在沒有任何印象他太太出過同樣狀況……」承影頓了頓，問：「妳最近不是在讀他太太的筆記，有沒有線索？」

如初無奈搖頭。軒轅妻子的筆記主要在研究傳承，她顯然對傳承很有敵意，認定傳承的目的就是將化形者全部回收，抹去意識打造成更合乎主人心意的器物，而傳承者則是理所當然的幫凶。

承影跟著嘆了口氣，瞥了如初的小腹一眼，又問：「那最近除了元素流失，妳還出現其他問題沒有？」

如初繼續搖頭：「寶寶的需求量很大，從食物裡攝取怎樣都不可能夠，而且他越長大，需要的就越多。我又沒辦法直接吸收金屬……」

她打住，因為承影聽到一半，忽地流露出奇怪的神色。

他看著如初，緩緩說：「但確實有一個人，為了治病，發明出直接吸收我們殘骸的方法……」

四目相視，兩人同時說：「葉教授！」

半個小時候，如初坐在客廳沙發上，蕭練與承影分別坐在她兩旁，麟兮在承影旁邊像頭守衛犬般坐得筆直，而在沙發前的茶几上，擺了一瓶半滿的金砂。

如初握住玻璃瓶，緊張到手都有點抖。她環顧左右，問：「該、該怎麼吸收？」

「不用針筒，難不成倒進嘴裡吃下去？」承影盯著金砂瓶喃喃說。

如初狐疑地倒了一捧金砂在掌心，拿起來嗅了嗅，鼻端出現淡淡的金屬氣息，像是略苦的鮮血味道。

蕭練抓住她的手說：「等一下，問封狼。」

封狼跟葉教授合作過，也許略知一二。

又過了半小時，封狼的答覆來了：在長達幾十年的光陰裡，葉云謙發明過好幾部儀器用以幫助他吸收金砂裡的能量，不確定哪部最好用，但肯定不是吃或其他方式直接吸收。

「他實驗室裡有一堆儀器，死後不知道學校怎麼處理，事不宜遲，我今晚就進校園裡探探。」蕭練立刻決定。

「好，我一起去，眞找到了管它能不能用，先偷出來再說。」承影馬上接話。

「那就還得開小卡車去。」蕭練翻出手機地圖研究：「我看看……好，車可以停這裡，我立刻發信叫邊鐘幫忙把風……」

兄弟倆你一言我一語的，瞬間一個打劫校園的計畫便定案成型，如初聽得有趣，不自覺交疊雙手。兩隻手接觸到的剎那，右手掌心上的金砂蒸騰而起，像一團雲霧般懸浮在空中，然後轉了個方向，咻地一聲鑽進她左手無名指的戒指內，頃刻間消失得無影無蹤。

雖然一切都在他們眼前發生，但來得太快，蕭練根本來不及反應或阻止。他急忙握住如初的手腕，舉起戒指細看，然而這枚樸素的淡金色戒指看上去跟他剛送給她的時候毫無差別。

同一時間，如初另一隻手摸在肚子上，小小地打了個嗝。

「妳怎麼了？」蕭練急問。

「吃飽了……」戒指的內圈微微發熱，如初伸了伸腳，遲疑說：「好像、感覺滿舒服的……」

事實上，現在是她這個月以來感覺最好的一刻，身體暖洋洋的，視野也跟著變亮，就是皮膚有點發癢。

她慢慢拉起衣袖，接著瞪大了眼睛——手臂上原本破破爛爛的肌膚，竟在瞬間結出硬痂，如初小心地碰了碰一塊痂，褐色的疤皮頓時落下來，只在皮膚上留下淺淺的痕跡！

蕭練握住她手的力道瞬間加大，他以冷靜的聲音說：「有幫助。」

砰砰。

寶寶傳來強勁的心跳，滿足感自腹中升起，如初幾乎喜極而泣。

「沒想到葉教授壞事幹盡，居然還做了件好事。」承影合掌，滿面笑容。

蕭練拿起裝砂的玻璃瓶，腦海裡閃過如初方才倒出來的金砂數量，他盯著瓶內剩餘的金砂，開始計算。

過了片刻，他緩緩站起身說：「不夠。」

如要撐過懷胎十月，這點砂，遠遠不夠。

8.
賭

金砂的好處跟壞處都顯而易見。好處是，用了之後，如初的健康明顯得到提升，骨折傷口統統迅速復原；而壞處就是，只要停用不到半天，她就連保持清醒都困難，而金砂的數量，十分有限。

「好像吸毒。」

一個月後，又一次吸收完金砂之後，如初懶洋洋地趴在蕭練身上，摸著明顯變大的小腹，一邊感受到體內升起的飽足感，一邊感覺害怕，非常非常害怕。

蕭練輕輕撫摩她的背部，低聲說：「不一樣，妳只要撐過這段時間就好了，不會上癮。」

「葉教授就上癮了。」她有氣沒力地反駁。

這種吸收金砂的模式，當眞不會有後遺症嗎？

如初根本不敢往下想，她在蕭練的懷裡蹭了蹭，蕭練抱起喬巴，放到她懷中，說：「吸喬巴吧，上癮就算了。」

喬巴是前幾天承影專程幫她跑了一趟，從家裡帶過來的，如初一邊取笑蕭練現在都懂吸貓梗了，一邊將頭埋進喬巴毛茸茸的肚子裡，貪婪地吸了一大口。

她喃喃又說：「你有沒有聽過一首老歌，叫做〈如果沒有明天〉……」

「去睡覺，少胡思亂想。」蕭練口中輕斥，手卻更輕柔地按摩著她的頸部。自從懷孕後，他碰她就像對待精美的瓷器，一舉一動無不小心翼翼。

不、即使是面對汝窯，蕭練也沒這麼謹慎仔細。

如初在心底輕嘆了口氣，困頓地闔上眼，感覺蕭練將她抱起來放到床上，接著迅速離開。她半睡半醒地，也不知道時間過去了多久，客廳隱約響起的話語聲斷斷續續傳入耳內，如初一點一點撐起眼皮，後知後覺地理解到，電視機正在播報新聞。

她的骨折已經好了，如今身體雖不靈巧，但行動不再需要輪椅，如初慢吞吞地爬了起來，走到客廳，看到含光一個人單獨坐在沙發上，將一張又一張的畫，在矮茶几上排好又打亂。

電視機的聲音太大，含光又很專心，直到如初走近了，他才發現，忙將茶几上的畫收起。然而來不及，如初已經看到了。

她歪了歪頭，問：「這個是……鼎姐的預見畫？」

大概是過去兩個月出了太多事，如今再看到這些畫，如初心中唯一的感想，竟然是有點好笑——

哪裡需要這麼多人追殺，現在的她，街上哪個人隨便推一把，都可以要了她的命。

含光想的也跟如初一樣。他放下畫，一本正經地說：「我在試圖重新解讀這些畫。」

「有什麼好解讀的，搞不好我可以成爲鼎姐職業生涯的唯一例外。」她懶洋洋坐下來，自我解嘲。

含光沒領會到如初努力經營的幽默感，他搖頭說：「鼎姐的預見一定會發生，但依妳現在的情況，我懷疑，也許該用不同的角度來看待這些畫。」

「什麼角度？」如初順著問，但興趣著實不大。

「先不管畫裡頭我們在幹麼。」含光慢慢說著，神情明顯展現出苦惱：「我怕記憶出錯，特別回老家比對過，在所有現存的預見畫裡，這是唯一一幅可以在現實中完全被複製的畫……當然這樣講也並不精確，因爲鼎姐總共畫了九幅。」

「什麼意思啊？」

如初隨口問完打了個呵欠，下一秒，曾經看過的預見畫一一在腦海浮現，她愣住了。

第一次看到預見畫時，她剛進雨令沒多久，在鼎姐房間裡看到封狼舉起祝九斷成兩截的本體劍。如初後來才知道，畫中背景是考古隊挖出了祝九的墓穴，那個墓穴在挖出祝九的當晚便因颱風來襲而崩塌，場景都沒了當然不可能複製。

第二次看到的預見畫裡頭，前有封狼，後頭是她的爸爸媽媽以及四散奔逃的酒店客人，背景則是一棟窗口飄散出煙霧的酒店大樓。

畫中的每一個人、每一個角落，都存在於眞實世界之中。倘若不計一切代價，包下酒店，主動跟封狼談判，甚至主動跟爸媽坦白，拜託他們來演場戲，理論上可以複製出預見畫的景象。

但問題出在畫裡有好些客人，因爲角度的緣故被遮住了臉，根本無從辨識，而找不到這些人，就無法做到分毫不差地完全複製，所以也就不可能複製預見畫上的內容。

如初不自覺坐直了，盯著畫又問：「那、那些沒保留下來的預見畫呢？」

「重要的我們幾乎悉數保留了，比較次要的，印象裡也都無法複製。」

含光知道如初想通了，也不廢話，直接切入主題說：「幾千年來，我們摸索得到預見畫的正確使用方式，並非針對畫中內容預防處理，而是用預見畫當成一個提示，想辦法找出眞正的因果，這一點，老三應該跟妳提過。」

如初用力點頭，試著自己分析：「比方說，如果用畫我爸媽逃離失火酒店的那幅畫當提示，眞正的因果關係是……我跟封狼？」

如初說到這裡自己也覺得不太對，搖搖頭又問：「還是我接受了傳承，預見畫暗示我之後會以血釁金，把宵練劍開鋒……這也太難從畫上看出來了。」

「通常不看畫的表面，只問因果。像妳父母的那幅預見畫，起碼可以讓我們知道，未來將發生的大事裡，妳扮演了與我們命運相關的重要角色。」含光沉聲說。

如初點點頭、又搖搖頭，喃喃說：「所以，那、這次預見畫提示了什麼？」

「我起先也盯著這個問題不放，但過去幾天，我忽然想到，也許這次預見畫的提示不在於畫面，而在於……」含光取下眼鏡擦了擦，說：「其特殊之處。」

「什麼意思？」如初問。

她如此直接反而令含光更緊張，他喉結上下動了一下，才又開口，說：「也許，這次的預見畫本身的可複製性，就是一種提示。」

「這又是什麼意思？」如初再問。

「幾千年下來，關於預見畫，唯一可以確定的是，畫中景象成眞之後必有大事發生。」含光緊緊看著如初，又說：「而對現在的妳來說，未來唯一可稱得上『大事』的事，就是……」

「寶寶出生。」如初毫不猶豫地接下話。

兩人面面相覷，如初瞇起眼睛，盯著含光問：「你的意思是，也許我們可以主動去實現預見畫的畫面，看看之後會發生什麼事？」

「太瘋狂。」先提起這個話題的含光反而先感到不自在，他匆匆收起桌上的畫，又說：「我一定是被老二跟老三感染了，他們兩個最近鬼鬼祟祟，老不在家。」

「但邏輯上完全說得通。」如初喃喃。

含光猛搖頭，說：「杜哥還沒有醒，九張畫裡註定有一張實現不了。」

「也是……」但不是還有八張嗎？

如初側了側身，無意中觸動沙發上的電視機開關。電視轉到了地方新聞臺，主播用公事公辦的口吻表示，近日內四方市附近有好幾間博物館遭到歹徒入侵，所幸損失不嚴重，院方已與警方加強聯繫云云。

不知爲何，這個新聞讓她很是心驚。如初倒了杯熱茶，慢慢走回房間，一個人坐在黑暗中。

不知道過了多久，從客廳傳來大門開啓的聲音。如初沒開燈，摸索著走到門邊，正要推門出去，就聽話語聲響起，含光氣急敗壞地說：「我果然猜對了，闖博物館的眞是你們兩個！」

蕭練似乎回了句什麼，但聽不清楚。如初將門打開一條縫，正好聽見承影壓低了聲音說：「這兩個磨成粉，應該夠如初用到下個月，老三，先別想狩獵。」

「狩獵是什麼意思？」含光駭然望向蕭練。

「他打算去獵殺其他化形者，提供給如初做養分。」依然是承影回答。

「你瘋了！」

「不然用我自己磨成粉？」蕭練回望含光，淡淡問：「如果這樣比較讓你舒坦。」

聽到這裡，如初掩上了房門。

她一步步退回床邊，坐下來，伸出雙手。冬天穿厚衣服不明顯，但如果伸進去摸，就能摸到一個明顯的弧度，裡面藏著寶寶。

無論含光、承影還是蕭練，都認定了寶寶不會爲她著想，但如初始終不以爲然。

她唯一擔心的只有風險，畢竟，預見畫上的內容，可是所有人都拿著武器指向她，以及寶寶！

垂下頭，內心劇烈掙扎，感覺好像過了一個世紀，但也許只過了幾分鐘，如初開口輕喚：

「寶寶。」

砰砰，不安的情緒自體內傳出來。

「要拜託你了，因爲啊，媽媽的運氣這輩子從來沒好過。」如初低聲說。

砰砰，這次的情緒帶著疑惑。

「但是，請你相信我，好不好？」

砰砰，回應是堅定的。

如初嘴角緩緩上揚。她其實還是個幸運兒，因爲無論在人生的任何一個階段，無論遇到任何事，總有人願意無條件相信她。

那天晚餐後，如初難得地打開筆電，視訊電話回家。

早在發現懷孕之際，她與蕭練便已達成共識，盡量封鎖消息，因此也減少了跟家人通話的時間。但不曉得爲什麼，今天忽然好想家，也許是因爲無論如何努力，她都寫不出來給爸爸媽媽的遺書？

視訊接通了，媽媽抱著黃上的影像出現在螢幕上，如初忍住奪眶的淚意，才舉手說了聲嗨，就見媽媽盯著她瞧了好幾眼，問：「妳懷孕啦？」

「沒有，怎麼可能，爲什麼這樣問？」如初不假思索否認。

「沒懷孕就沒懷孕，那麼緊張幹麼……」

媽媽吐槽後放下貓，嘮嘮叨叨地告訴女兒，她看如初講起話來不時用手撐一下腰，而且看起來很疲倦，這才起了疑心。

「等下掛完電話妳就去驗一下，要小心啊，我就認識有人糊裡糊塗的，懷孕三個多月自己還不曉得，跑去登山結果摔一跤……哎，不講了，不吉利，反正妳自己小心。」

媽媽說得很開心，如初咬了咬嘴脣，忽地問：「媽，妳生我的時候，會不會害怕？」

如初從小就知道，媽媽生她的過程不太順利，最後剖腹生下她。

「怕啊。」應錚探頭入鏡，說：「上麻醉前她忽然吵著要寫遺書，醫生都在那裡等了，我趕快找紙筆在旁邊記。結果半身麻醉，人根本一直醒著，妳媽就一邊哭，一邊講遺囑，還伸一隻手拉我，然後妳就生出來了，哇哇哭得好大聲，整個病房雞飛狗跳，我被妳媽拉住來不及抱妳，護士還以爲我重男輕女，瞪我好幾眼。」

明明應該是悲傷與驚險的過去，爲什麼從爸爸嘴裡說出來，居然充滿喜感？

如初呆呆地看著應錚，問：「那遺書呢？」她怎麼從來沒看過。

應錚揮揮手，不在意地說：「沒有啊，妳媽一直拉我的手，我怎麼寫字，做做樣子給她看啦。」

「那、媽，妳本來遺書上要跟我講什麼？」如初轉而求教母親。

「忘掉了。」應媽媽答得乾淨俐落，她想想補充：「應該是要妳好好長大，獨立堅強……還有我很愛妳呀，這樣。」

說完了媽媽像是不好意思，一把將應錚給推到鏡頭前，而如初則完全愣住了。

雖然她還沒動筆，但過去幾天一直構思要寫給寶寶的信，也就只有這些話，希望所愛的人堅強、獨立、活得自由自在，以及一遍又一遍反覆告訴他，很愛很愛他。

應錚對著螢幕說：「才沒有，妳媽的重點是把錢都給妳，然後要我好好照顧自己，不要難過。」

「欸，你還記得喔？」媽媽驚喜地從後面探出頭。

應錚撇嘴說：「當然記得啊，我那時候聽到都哭了，後來回想起來覺得莫名其妙。傷口縫好醫生都說沒事，三天後想出院就可以出院了，妳還在講遺囑……」

沒營養的對話還在持續著，如初的心思卻早已飄走，她想起了家裡爸媽臥室那張泛黃的結婚照。

相守幾十年，互動的模式雖然有變化，但無論過了多久，她在他眼中永遠少女，他則是她心底的那個少年，彼此溫暖、互不辜負。

她不能讓蕭練，因為一樁婚姻，變得面目全非。

心忽然很平靜，如初知道，她已做出決定。

如果這世上有神存在，請賜給我勇氣……

如初跟父母電話視訊時，蕭練就在客廳。以他的耳力，臥房傳出來的每個字都清清楚楚，不過基於禮貌蕭練並未細聽。電話持續了十幾分鐘之後，話語聲消退，淺淺的啜泣聲卻跟著響起，蕭練走過去推開門，只見如初背對他，面對全黑的螢幕，肩膀不住起伏。

懷孕到現在，這還是第一次見她哭這麼兇。蕭練走到如初身邊，如初將頭靠在他的腰旁。就這麼相依偎在一起好久之後，如初仰起頭問：「你講話也都會算數，對不對？」

「當然。」蕭練毫不遲疑地答應。

如初再將他抱緊了一些，又開口說：「我想實現鼎姐的預見畫。」

含光顯然跟他也提過了，蕭練身體一僵，如初抬起頭來，又說：「你不願意也沒關係，我自己去跟殷組長說。」

「為什麼、忽然……」突然被如此告知，蕭練措手不及。

「因爲，我想賭賭看。」她眼睛還紅著，卻對他露出一個明朗的笑容，繼續說：「因爲你準備了產房，卻從來沒跟我討論過預產期。我們從來不提要不要幫寶寶取名字，因爲不知道……承認吧，我們不知道什麼時候生，不知道可不可能生，不知道生下來的會是男生還是女生，不知道……」

一口氣講到這裡，即使樂觀如她，也撐不住了。蕭練感覺到如初在微微發抖。

她握緊他的手，一字一句地說：「只要有準備，就不能完全算賭博，對不對？」

注視著她的雙眼，蕭練突然發現，自從結婚之後，這已經不知道第幾次，他擺脫萬難下定的決心，輕易就被她推翻。

即使準備得再充分，都不可能避免風險，但，就算這一步沒成功，他還留了後手，必要時什麼都可以犧牲，包括他自己。

從這個角度出發，倒也無妨。

蕭練迅速鎮定下來，說：「好，我陪妳賭。」

大不了，一起墜入深淵。

9. 實現預見

那晚的討論雖然感傷，卻並未做出最後決定，理由顯而易見——風險。

隔天，聽了如初想嘗試實現預見畫的想法，承影第一時間便婉轉表達了反對之意。

「倘若要實現預見畫，妳懷孕的消息必然全面對外曝光，我不確定這是好主意，起碼不是現在。」他這麼對如初說。

「不然就先我們三個試試看?反正鼎姐總共畫了九張，未必會同時發生。」含光別開生面地提議。

如初一愣，她沒看過幾幅預見畫，也不知道裡頭竟有這麼多玄機。

「以前有過畫了兩張，事件依序發生的例子，不過間隔的時間很短，總之一張畫必能代表一個瞬間，這點無需懷疑。」含光一臉自信對她解釋。

承影潑冷水說：「我們三個的異能一靠近如初就消失，照著畫比劃毫無意義，倘若眞要執行，必然需要其他人配合。」

「因此畫裡面才有姜拓？」含光立即聯想：「搞不好只有他的異能可以對寶寶發揮，等等，這樣說起來，寶寶還沒碰過非物理性質的異能，不行，我得寫下來……」

含光承影說得熱鬧，蕭練卻一直站在如初的身後沒開口，於是，趁著含光作筆記時，承影轉向蕭練問：「你放心讓姜拓知道？」

「我連姜尋都不信。」蕭練的話語雖強硬，看向如初的目光卻帶著詢問，像是徵求她的意見。

如初接收到他無言傳遞的訊息，摸了摸肚子，遲疑地說：「姜尋我倒是信的，但是，我猜他沒辦法攻擊我……」

很奇怪的直覺，而且跟寶寶似乎也沒有關係，就是在想到姜尋的那瞬間，腦海中忽地冒出虎翼刀的模樣，然後一股莫名的自信泉湧而出，彷彿她可以好好使用這把刀似的。

一定是因爲姜尋教過她刀法的緣故。

思緒微微發散，如初接著意識到，如果說虎翼刀第一時間給她的感覺是親近，那麼宵練劍就正好相反。雖然她跟蕭練如此親密，也曾以自己的鮮血幫宵練劍開鋒，但身爲蕭練本體，宵練劍卻對她始終保持距離。劍魂對她也存在一絲冷淡，像在觀望，或等待一個更適合的人出現？

婚前出現過的那個幻境忽地飄過腦海，她打了個寒噤，迅速拉回來——眼前的麻煩已經應付不完了，沒必要浪費精力在虛無飄渺的危機上。

就在他們討論到一半時，祝九來電，指名要求與如初視訊。他們三不五時都會互傳訊息，但這還是第一次，祝九特別希望能看到她，難道是家附近出事了。

如初帶著點緊張接起電話，祝九先簡短表達了最近小鎮一切平安，接著突然發難，盯著她的小腹問：「三個月大？」

聽到這話，如初差點沒把嘴巴裡的羊奶噴出來。她抹去嘴脣的奶漬後弱弱裝傻：「你在講什麼？」

「我們從不忘齋前面經過，聽到妳爸媽聊天，都懷疑妳懷孕了。」祝九平鋪直敘講出令如初膽戰心驚的話題。

「那、那……」如初完全不知道該如何接話。

祝九根本也不需要她答腔，自顧自又說：「我跟知止本來不相信，因爲從來沒聽說過我們跟人類之間有可能，但是……」

祝九神色複雜地看了站在如初身後的蕭練一眼，又說：「從妳的表情來看，這是眞的。從蕭練的表情來看，他的種。這打破了我對世界的認知，但這些都是枝微末節，重要的是，既然我能猜出來，其他有心人也一定可以，刑名沒放鬆過對妳爸媽的監控。我敢保證很快，搞不好就是現在，這消息已經不再是祕密……你們準備了任何應對策略沒有？」

如初完全全呆掉了，蕭練探頭向前，答：「有一個。」

「需要我聽聽然後給意見？」祝九再問。

「如果你不介意的話。」蕭練比出了「請」的手勢。

祝九滿意地點點頭，說：「願聞其詳。」

祝九是在廚房講的電話，講完後，他慢悠悠地燒了壺水、心不在焉地抓了把茶葉泡茶，然後端著茶，走向後院。

南方的冬天陽光依舊灼人，封狼赤著上半身，頂了個大太陽在院子裡挖洞。他的動作十分有效率，講電話前還平平坦坦的草皮地，如今已被他用鏟子挖出了一個將近一尺深的大洞。

見祝九端了兩杯茶走來，封狼伸手接過其中一杯，也不管還燙得正冒煙便一口飲盡。他將茶杯還給祝九，接著走向擱在牆邊的小樹苗，蹲下去解開綁在樹苗根部的痲袋，準備栽樹。

「原本這塊地上好像就有長點什麼？」祝九注視著草皮問。

「小白菜，我們又不吃，白浪費土地。」封狼的口吻暗藏一種驕傲感，像是普通人自豪為生活打算。

祝九將視線轉向小樹苗，問：「那你現在種的這棵是？」

「苦楝。長得很快，五十年後就能在上頭蓋間樹屋了。」

封狼嘴上答話，手也沒停，小樹苗被他穩穩當當地放進洞裡，覆土掩埋後他放下鏟子，邀功似地又告訴祝九：「好好照料，幾年後就能開花，香花，白色，賣我樹苗的姑娘說像冬末細雪殘留在枝頭上，你一定喜歡。」

祝九喝了一口茶，這才發現茶葉放多了，相當苦。

但封狼卻一口氣喝完，他又不是蕭練，味覺沒問題。

將茶杯放在腳邊，祝九倚著木格門，似笑非笑地問：「你眞打算守約，在這鎭子上住九十七年？」

正在鋪草皮的封狼身形一僵，抬頭問：「你想毀約？」

「應如初懷孕了，自身難保，她父母能再活三十年都算長壽。」祝九拉長了聲音，慢慢地說：「我甚至於不需要毀約，幾十年後債主都沒了自然也不會有誰來找我討債，這個交易可以說相當划算……怎麼，不開心？」

他講到最後，封狼忽地直起腰，丟下了鏟子。

「沒有。」封狼低頭看著還沒開封的肥料說：「就是，我原本還有些期待，種下一棵樹，等它長五十年……」

活了數千年，他從來沒這麼做過，然而有些念頭就像樹苗，一旦於心底扎根，便在不知不覺中迅速長成參天大樹，再也無法撼動。

「那就種吧。」祝九淡淡接話。

封狼猛然抬頭，四目相視，他赫然發現，祝九眼底帶著溫柔的調侃笑意，顯然這些日子他的籌畫，分毫不差都落入祝九的眼底。

「你、你不嫌日子無趣？」封狼問。

「每隔幾十年總得出去旅行一圈，換個新身分再回來。」祝九舉目四顧，又問：「樹長大了，院子肯定太小，還得找法子賺錢，買下隔壁……」

他沒說完，因爲封狼奔了過來，緊緊將他擁入懷中。

眞傻啊，這麼喜歡扎根，卻陪著他浪跡江湖千年，從來也不懂訴之於口。

祝九沒說話，只輕輕回擁了封狼。

這一刻，日暖風輕，原本盤算多日的計謀籌畫，統統拋諸腦後。

人類的悲歡並不相通，如初與蕭練半分沒感受到祝九的喜悅，只覺得當祕密不再是祕密，決定變得相對容易，但時間壓力也突然降臨。

跟祝九通過電話後的那個下午，含光動用關係，請來四方市另一位夙負盛名的中醫問診。如初做足了心理準備才伸出手請醫生把脈，本以爲會是漫長的煎熬，孰料中醫將指頭搭在她右手手腕內側沒超過一分鐘，便捻著下巴的鬍鬚，愉悅地說：「往來流利，如盤走珠。」

三兄弟面面相覷，顯然無法理解，如初鼓起勇氣發問：「什麼意思啊？」

老中醫放下摸鬍鬚的手，微笑：「滑脈，恭喜，懷孕了。」

醫生爲證，她肚子裡，果然有個小生命。

送走醫生後，如初牽著蕭練的手，一言不發坐在臥室窗前。坐下來的時候正是黃昏，雖然看不見飛鳥的影子，但卻能聽到鳥鳴聲此起彼落，他們倆就這樣並肩坐著，看太陽緩緩下落，月亮升起。

等到滿天星斗遍布夜空之後，蕭練先開口，以若無其事的語調說：「我去通知姜尋、姜拓，還有軒轅。」

「那我去跟鼎姐說，不過你講電話的時候我要在旁邊聽。」如初眨眨眼睛：「很好奇他們聽到我懷孕會有什麼反應，會不會被嚇到跌倒啊？」

最後一句，她帶著笑問，彷彿在一夕之間放下了憂慮。

蕭練牽著她的手舉起來，說：「乾脆一起吧，視訊？」

每位的反應都很不一樣，姜拓相當平靜，鼎姐最激動，姜尋在第一時間就擔心如初的身體，而軒轅則在愣了片刻後，以困惑的語氣問：「那是、什麼樣的生命體？」

敵友難辨，這個回答最好能讓軒轅站在如初這邊。

蕭練於是搶在如初開口之前回答：「他有異能。」

「更像我們？」軒轅再問。

「沒生出來之前誰都不知道。」蕭練頓了頓，又說：「這次實現預見畫的目地，就是希望能讓他趕快出生。」

「你們確定預見畫能這麼用？」軒轅再問。

如初聽不下去了，她探頭進螢幕，理直氣壯插嘴：「不確定，所以如果你不想過來——」

「我馬上訂機票。」電話另一頭，軒轅又以長輩的態度，諄諄教誨似地說：「如果胎兒偏向我們，那生命力理當非常強韌，催生不至於會對他造成永久性傷害，但小心點不爲過。」

如初愣了一下，小聲說謝謝，蕭練毫不動容地朝軒轅說：「你搞錯了，我擔心的是如初。」

他說完便掛斷電話，抱胸環顧面前的承影與含光，說：「聽口氣不像早知道的樣子，但也不能據此判斷他沒有跟刑名合作。」

「那就照計畫布置，他若沒有惡意，我便待之以禮，他要有二心，那就請君入甕。」含光拍板定論。

如初眨眨眼睛，心想，感覺會有很多波折的樣子？

她走到客廳窗戶旁，一板一眼地在掛曆上的今天畫了顆愛心，直起腰時忽然感覺窗外有幾道視線落在自己身上。

客廳在三樓，窗外不可能有人，但近來如初總覺得自己的身體雖然不在健康狀態，五感卻益發犀利。她相信自己的感覺，於是探頭出去找了半天，然而依舊什麼都沒找到，最後還是承影走到她旁邊，瞥一眼後直接指向某個方向，如初才看見窗外的樹上有個洞，洞裡躲了三隻小貓頭鷹。牠們透過羽毛顏色和花紋的偽裝，完美跟樹皮連成了一片，只剩三雙大眼睛骨溜溜地轉個不停，看上去既怪異又可愛。

這太好玩了。如初開心地喊蕭練來看，然而他一靠近窗，身體便驟然緊繃。

如初不解地看著蕭練，他摸摸她的頭髮，朝含光一伸手，說：「大哥，畫，有如初的那張。」

含光遞來了一張預見畫，蕭練將畫緩緩展開，兩相對比，可以清楚地看見，窗外藏著貓頭鷹的那棵樹，正好就在畫中如初的對面。細看的話，正對客廳窗戶的樹皮，與樹幹其他部分的花紋略有不同，顯然便是閉上眼睛的貓頭鷹了。

不、不只如此，蕭練擎著畫，回首環顧。如果換上淺色窗簾，移走沙發與電視，再在房中間鋪塊小地毯，這間客廳，便徹徹底底成為畫中的房間。

而他，居然直到今天才認出來。

蕭練退後一步，站在房中央，渾身上下緩緩散發出一股冰冷銳利的劍意。

如初嚇一跳，忙走到蕭練身邊，他收回劍意，對她笑了笑，說：「看來，預見畫發生的地點，就在這裡了。」

「那滿好的。」如初脫口而出。

蕭練一怔，原本一直坐在沙發上忙著整理資料的含光抬起頭問：「好在哪裡？」

「就……」如初也說不出個所以然，語塞片刻後她摸摸肚子，給出不成理由的理由：「寶寶沒有不開心。」

三兄弟互相看了看彼此，承影一手撐在窗框，一手摸著下巴，問：「說起來，寶寶會不會才是預見畫裡的主角？雖然沒現身。」

蕭練再度攤開畫，沉吟著問如初：「畫裡妳的表情，也許反映的是……他的心情？」

「猜來猜去毫無意義。」含光闔上一疊卷宗，拍板定案：「執行下去就曉得了。」

在含光的指揮下，房間在隔天便按照預見畫迅速布置了起來，但更讓人心驚的是，不少巧合，在這二十四小時內一一出現。

大者如杜長風奇蹟般地清醒過來，而且立刻恢復行動能力，讓他們可以實現全部的預見畫。

小的像是如初傍晚出門買飲料，路經二手家具行，看到一張八成新附滑輪的椅子，跟不忘齋裡她坐習慣的那張非常相似。

她試坐後開開心心地掏光身上所有現金，買下來推著這張椅子走回家，一進門，就發現含光跟蕭練的臉色都很怪異。

如初以爲他們嫌棄二手家具，趕緊解釋：「很乾淨，老闆用酒精消毒過了。」

兄弟倆互看一眼，蕭練斟酌著說：「畫裡，妳就坐在這張椅子上。」

「這麼巧？」如初一愣，隨即問：「會不會是我看過畫，潛意識記住，然後……自我實現了預見？」

「別想下去，不然沒完沒了。」含光沉聲開口。

如初深吸一口氣，用力點頭，目送蕭練將電腦椅推進電梯送上三樓。

再過一天，杜長風與夏鼎鼎第一對抵達。

青銅巫師像之前就送了過來，如今已安置在三樓。如初想到因爲自己的緣故，杜長風剛醒來就得再忍受痛苦施展異能，便滿心歉疚。

她走上前，對攜手而來的兩位打招呼說：「杜主任、鼎姐。」

杜長風還是她印象裡的杜主任，絲毫不提實現預見畫一事，只上上下下打量了她一會兒，流露出還算滿意的表情，說：「氣色不錯，還是太瘦。」

「臉上血色也不夠。」鼎姐拉著如初的手，左看右看，最後把視線集中在她的肚子上，猶豫地問：「我可以……」

「可以。」如初大方地將夏鼎鼎的手拉過來，放到自己的肚子上，說：「不過寶寶還很小，沒什麼動靜——」

話還沒講完，夏鼎鼎忽然臉色一變。她一臉驚慌地抬起頭，環顧四周，嘴脣蠕動片刻，說：「在動。」

蕭練大步邁到如初面前，彎下腰貼在她的肚皮上傾聽片刻，對她點點頭，說：「有動靜。」

「爲什麼我全完全沒感覺？」如初發出疑問：「他就在我肚子裡耶。」

接下來，所有人各顯神通，找醫生的找醫生諮詢，上網路的上網路查資料，最後結論是，寶寶三個月大的時候，在媽媽肚子裡時手指就會握拳，還會轉頭、瞇眼跟踢腳腳。但因爲尺寸太小，一般來說母體都無法感受到寶寶的動作。

「妳沒感覺很正常，我們五感比較敏銳，所以才聽得見。」杜長風代表眾人，用上了公司裡的威信，如此教育如初。

如初滿意地接受了。但等回到臥房，一關上門，夏鼎鼎便迫不及待地低聲問杜長風：「查到的全都是人類胚胎的狀況。如初肚子裡的，能一樣？」

「妳有更好的說法？」杜長風反問。

夏鼎鼎擰起雙眉想了半天，最後只能搖搖頭，無奈地說：「她跟蕭練，總心裡有數的吧？」

「我看她是想開了，擔心過一天，開心也是過一天。」

杜長風握住她的手，夏鼎鼎怔了片刻，點頭說：「也是。」

去年她畫下預見畫時，還以爲應如初會如刑名所言，以傳承者高高在上的姿態，變成他們全體的威脅。誰能料得到一年多後，如初非但沒變成任何人的威脅，反倒成爲含光口中讓他們能有後代的希望。而預見畫的寓意，更是從千夫所指，變成大家全力搶救。

歲月已往者不可復，未來者不可期，見在者不可失，唯心是問而已。

隔天，軒轅、姜拓與姜尋陸續抵達，前兩位正正常常地與如初打招呼，只有姜尋，一進門看到如初便抽出虎翼刀，大步朝她砍來。

鏘，宵練劍憑空出現，半途擋下了姜尋的攻勢。

「我要跟寶寶打，你出手幹麼？」姜尋收刀，不滿地朝蕭練問。

宵練劍在空中劍尖微挑，對準姜尋的眉心。如初拉拉蕭練的手，說：「讓他試試看。」

蕭練驀然收劍，轉向如初，目光裡飽含抗議。如初趕緊解釋：「你不會對我下殺招，他會，而且他可以控制。」

若是寶寶眞的招架不住，她相信姜尋有能力在最後一秒收手。

「妳想接殺招？」蕭練的聲音裡蘊含強烈不安。

如初狠下心點點頭，答：「直覺想嘗試。」

蕭練不再出聲，卻也不肯移動半步，像根柱子似地杵在如初身邊。她不管他，轉頭對姜尋笑笑，問：「再來一次？」

姜尋重新舉起虎翼刀，刀尖朝向如初的肚皮點了點。下一瞬間，虎翼刀掙脫姜尋的手，暴起反轉，朝姜尋面前狠狠劈了下去，幾乎在同一時間，宵練劍陣在姜尋身後出現，完全阻斷了他的退路。

前有刀後有劍，千鈞一髮之際，姜尋雙手護住頭，一個懶驢打滾朝旁邊滾了兩圈，宵練劍陣率先消失，虎翼刀則忽然失去控制，跌落到地面。

如初愣了愣，拉拉蕭練的衣袖問：「你也能跟寶寶溝通了？」

劍陣跟刀幾乎同時動作，這是什麼訓練有素的配合戰術？

當然不能。他反握住她的手，懶散地答：「我出劍很快，現在信了？」

他們的大動作引起屋內其他人注意，早在姜尋出刀時，含光與姜拓便已走下二樓，站在一旁圍觀。對招很快結束，含光兀自站在原地沉思，姜拓則大步走出去，撿起了虎翼刀，轉身問如初：「妳能控制我們的本體？」

這誤會大了，如初趕緊解釋：「不是我，也不是控制，寶寶只是切斷了你們跟本體之間的聯繫而已。」

「我感覺不只，方才刀轉的方向明顯有人爲操控痕跡。」姜拓轉向姜尋，問：「你怎麼看？」

姜尋不答話，只上前從姜拓手裡抽出刀，朝如初揚眉比了個大拇指，笑出一口白牙。大家上樓，隨意坐下泡茶閒聊，沒有人提起任何可能引發感傷的話題，彷彿這只是一場朋友間普通的聚會，話裡話外全是日常。

然而當聚會結束，大家紛紛進房間之後，夏鼎鼎迅速關上門，取出紙筆寫下一行字，推給杜長風。

「姜尋剛剛砍向如初的樣子，跟預見畫裡的動作一模一樣。」隔牆有耳，大家的聽力又都太好，她只能用筆談。

杜長風思索片刻，提起筆回：「妳的意思是，預見畫已然應驗了一張？」

夏鼎鼎點點頭又搖搖頭，拿起筆繼續寫：「老杜，我那時畫了九張畫，只有如初那張畫出了背景，其他八張全部背光，沒有背景……」

夏鼎鼎的腦子很亂，總感覺還沒想清楚關鍵。她的筆在句子後面一路點下去，直到杜長風握住她的手才停住。

抽走夏鼎鼎的筆，杜長風只寫下四個大字，接著便取出打火機，將紙燒了乾淨。

「明天，小心。」

隔天下午，大家齊聚在二樓客廳。

電腦椅已置於房中央，如初穿著畫裡的衣服，走過去坐下來，扯起一個尷尬的微笑，問夏鼎鼎：「鼎姐，我這樣姿勢對不對？」

夏鼎鼎取出畫，比對過後點點頭。如初鬆了口氣，軒轅忽地出聲問：「接下來，我們是一起發動攻勢，還是一個一個來？」

「什麼叫發動攻勢？我以爲只擺擺樣子。」姜尋立即反問。

軒轅微笑，淡淡說：「荊州鼎預見了我們大家來擺拍？滑天下之大稽。」

姜尋沉下臉，姜拓卻搶先一步說：「能在預見畫裡出現的，總該是件大事，擺拍沒意義，也不該是我們群聚在此的原因。」

含光跟杜長風交換了一個眼色，含光正要開口，便見坐在椅子上的如初像學生在課堂上發問般舉起手說：「我有一個小小的提議。」

從昨天到現在，大家對她都有默契地十分寬容。軒轅放柔了聲音，朝她點點頭：「請說。」

如初摸了摸肚子，低頭看一眼手上握著的金砂瓶，鼓起勇氣說：「你們在畫裡的動作，可不可以當成是，測試寶寶的異能？」

她跟蕭練討論過很多次，最後發現，只有這個理由，才能合理又和平地解釋爲什麼大家都對她發動攻擊。

不過這好像無法解釋蕭練的那張預見畫？

疑惑在心頭一閃而過，如初隨即聽到姜拓欣然說：「可以成立。」

軒轅唔了一聲，沒表態，顯然還在猶豫。含光趁這機會搶先說：「那就這樣，既然鼎姐是一張一張畫出來，我們也就應該個別對上如初，錯，是對上寶寶，不然大家就會擠在同一張畫裡頭了。」

這個邏輯說服了大家，姜尋率先問：「怎麼決定順序？」

「夏姑娘。」軒轅沿用多年來的舊稱，轉向夏鼎鼎，問：「畫有九張，妳以往畫出預見的順序，跟事情發生的順序，是否一致？」

夏鼎鼎遲疑地搖了搖頭，軒轅又問：「那依妳之見，孰先孰後？」

夏鼎鼎猶豫片刻，轉向杜長風，後者一愣，問：「我？」

「我第四個才看到你，卻第一個畫出你，而且一氣呵成，所以，若問我的意見，直覺你先上。」夏鼎鼎解釋。

「好，那就我先……站哪？」杜長風毫不猶豫地踏前一步。

夏鼎鼎拿出畫，比對半晌，最後安排杜長風與本體一前一後站在窗前，正好背光。站定位後杜長風對如初說：「我的言出法隨不能祝福，只能詛咒，這樣吧，等下我把妳定身一分鐘，妳讓寶寶別硬扛，反正一分鐘內動彈不得，忍忍就過去了。」

「我知道。」如初緊張地猛點頭，低下頭又說：「寶寶，聽到了嗎，不要硬撐。旅程從停下腳的那一刻才眞正展開，軟弱是爲了產生力量，投降需要更大的勇氣……」

「她怎麼了？」姜拓低聲問旁邊的承影。

「給沒出生的小傢伙餵心靈雞湯？」承影聳聳肩。

如初連續說了好幾句才停，杜長風確定她準備好後，閉眼進入本體。他張開嘴，才講出一個「定」字，便發現自己又化成人形，站在原來的位置上，而其他在場者全用奇怪的眼神看著他。

「我的言出法隨沒起效果？」杜長風環顧一周，最後將目光停在夏鼎鼎身上，如此問。

夏鼎鼎猶豫片刻，據實以答：「我們什麼都沒聽到。」

「我們就看著你原地消失，本體動了下嘴皮子，然後你又出現，完全默劇，很有趣。」姜拓愉快地補充。

杜長風直接轉向異能施放的對象，也就是如初，問：「妳也沒聽見？」

如初遲疑地搖搖頭。她彷彿聽見了一個遙遠的聲音，接下來便感到體力迅速被抽乾了一部分，體內反饋出一陣狐疑的情緒，顯然寶寶一開始抓不準該如何對付杜長風，但最後還是成功了。

寶寶在學習，也會思考？

她狐疑地偏偏頭，杜長風大步離開窗前，夏鼎鼎轉向姜拓，比了個請的手勢。

趁姜拓向如初介紹他的心靈控制異能時，杜長風低聲問夏鼎鼎：「我的部分這樣算完成了？明明什麼都沒發生。」

「你別問我，我也沒底。」夏鼎鼎擔憂地摸了摸杜長風的臉，又問：「你撐不撐得住？」

「一點感覺都沒有，這還是我這輩子第一次無痛進出本體。」杜長風對上夏鼎鼎震驚的眼神，肯定點頭，若有所思地又說：「再看看，我懷疑，寶寶這不是異能——」

「那能是什麼？」夏鼎鼎打斷問。

杜長風對她搖搖頭，夫妻有默契地停下了交談。另一邊姜拓也已結束異能介紹，正溫和地對如初說：「我可以立刻讓妳毫無道理便陷入某種情緒，無法自拔，不過既然只是測試寶寶，那就……開心一下？」

「像催眠嗎？」如初問。

「更快也更有威力，同時妳不會看到任何影像。」姜拓頓了頓，體貼地說：「妳準備好了，隨時開口，我就發動。」

如初茫然點點頭，在心底暗自問寶寶：「準備好了沒有？」

砰砰。

「我好了。」她揚聲開口。

一二三四、二二三四、三二三四……如初一直數到一分鐘過去，忍不住小聲問姜拓：「我現在應該要很開心了嗎？」

「……妳說呢？」姜拓板著一張撲克臉反問。

「我普通。」如初認眞感受一下來自體內的情緒，吞了口口水又說：「寶寶說他餓了。」

看著孕婦認眞把金砂倒在手掌心吸收，姜拓深呼吸，扭頭告訴夏鼎鼎：「我結束。」

「你開始過？」杜長風問。

「三次。」姜拓只拋下兩個字，便自顧自離開窗邊。

房間一角，承影對含光說：「看起來心靈類、詛咒類，對寶寶都無效——這防守範圍滿大的。」

「但杜哥還有姜拓跟本體之間的連繫也沒被切斷，怎麼做到的，到底寶寶的異能是什麼？」含光摸著下巴，語氣悠然，眼神卻緊緊跟著下一個上場的姜尋不放。

姜尋大步走向前，在他身後，虎翼刀迎風而長，變得比姜尋還高大。然而下一秒，大刀噹啷落地，姜尋則跳開來，嘿了一聲說：「又來了。」

跟上次一樣，他與本體刀之間的聯繫全斷。

承影與含光依次上去攻擊，承影在發動異能之後，腳下的木頭地板碎成一地粉末，而含光則跟之前一樣，氣旋被推了回來。

輪到夏鼎鼎時，她站上去，對如初一攤手，說：「寶寶，姨姨的異能沒法攻擊喔。」

如初笑出聲，對夏鼎鼎說：「寶寶很開心。」

「哥。」姜尋一隻手搭在姜拓肩膀，朝如初努努嘴說：「她開心了，代表你的精神控制奏效，雖遲終至。」

姜尋收穫到姜拓老大一個白眼。

蕭練只上去踏在劍上騰空飛起，便又立刻降落，快到夏鼎鼎根本來不及拿畫出來比對。最後上場的是軒轅，他走到窗前，背光對如初彬彬有禮地說：「我的劍，能斬斷空間。」他沒等如初反應，便轉頭問蕭練：「幫忙演練一下？」

蕭練沒開口，但驟然升起一個由九支長劍組成的劍陣，像面盾牌般護在蕭練身前。軒轅優雅地伸出手，自虛空中取出一柄劍身布滿銘文的青色長劍。他站在原地，一招起手式後左虛步、沉右身，敏捷地揮出兩劍，如初只感覺眼前的畫面彷彿扭曲了一下，接著叮叮噹噹，蕭練面前的九支長劍悉數被斬成兩段，落在地面。

這是什麼異能？

不等如初發問，軒轅便收起劍解釋：「我的劍在斬斷空間的時候，也會將空間裡的所有物品一併割裂。」

「所有物品」四個字特意加重音，如初還正不解，在她身後，蕭練開口說：「隔空斬，只要出招，指定的空間連帶其中的物品，統統必被斬斷。」

他的聲音發沉，整個人呈現高度戒備。如初吊起一顆心，蕭練頓了頓又說：「軒轅大哥剛剛出了兩劍，第一劍只斬斷了他跟我之間的空間，呈現空間扭曲效果，第二劍才斬向我劍陣所在的空間，破壞所有的劍。」

軒轅神態自若地點點頭，補充說：「也不是不能用一劍就解決，不過演練而已，效果清晰最要緊。當然，如果有誰能斷了我跟劍之間的聯繫，那……就不知道了。」

等一下，寶寶要對上這麼恐怖的異能？

如初驚惶地轉向蕭練，而軒轅則走到夏鼎鼎身旁，問：「預見畫上有顯示我用出了異能嗎？」

夏鼎鼎抽出畫看了片刻後搖搖頭，軒轅接著說：「那我建議，今天我還是別用異能，劍招攻擊即可。不然出慢了沒意思，出快怕誤傷。」

他對如初又笑了笑，說：「即使純論劍法，我也不比蕭練差的。」

體內寶寶似乎在抗議，如初安慰地摸了摸肚皮，在心裡告訴寶寶，不冒險，面對強大到深不可測的敵人，需要步步爲營。就在她忙著跟寶寶溝通時，軒轅的提議獲得了姜拓之外所有人的支持，最後決定只用劍，最多三招。

軒轅站回原位，如初打起了十二萬分精神，但軒轅只照著畫裡的模樣，瀟灑地使出一劍，不帶一絲殺氣朝她刺來。

這一劍的招式並不華麗，卻非常之快，即使如初明明知道他下一秒要出劍因而張大了雙眼，卻依然看不清楚。然而就在劍即將刺到她之際，卻被一層看不見的屏障擋下，劍尖微彎，再也無法前進。

軒轅神色不變，手腕微動，長劍畫了一個弧形回到他身邊。就在如初以爲他已經收回劍招時，軒轅劍閃電般再次刺出，以一個刁鑽的角度直撲如初而來。

如初嚇得連呼吸都暫時停止，然而下一刻，劍尖在碰到她鼻頭前恰恰停住。軒轅像是不信邪，猛地往前用力刺下，劍柄驟然生出一股反彈力道，猝不及防之下軒轅沒能握住，長劍脫手而出，整支長劍旋轉著倒飛出去，刺進軒轅身後的牆壁。

蕭練凌空飛出，將如初護在自己的身後，緊緊盯著軒轅不放。然而軒轅並無再度進攻的意思，他站在原地，若有所思地看著劍尖沒入牆內的軒轅劍片刻，才伸手將劍招了回來，然後轉過身，朝如初抱拳致意，彬彬有禮地說：「失禮了。」

「沒、沒關係……」

剛剛一剎那似乎有些地方不對勁，如初可以感覺到肚子裡的寶寶相當生氣，不過她顧不得寶寶，只迫不及待地扭頭問夏鼎鼎：「鼎姐，這樣算不算完成？」

夏鼎鼎收起畫，猶豫了片刻才說：「應該算，起碼所有預見畫上的影像，今天全都出現了。」

怎麼一副很不確定的樣子？

如初心裡嘀咕，又開口問：「那接下來呢？」

「等。」杜長風看著她又說：「總之妳先好好休息，根據經驗，快則半天，最慢不超過七天，必然有大事發生。」

姜尋拍拍她肩膀，指著她的肚子說：「有這小子在，不怕。」

這些當然都是安慰之詞，如初心裡有數，但太累了，爲了複製預見畫，無論心理或身體上她都感到極大壓力，如今總算告一段落，能喘息片刻也是好的。

她站起身抱住蕭練的手臂，將頭靠在他肩上，他在她額上輕啄一口，問：「要不要先休息一會兒？」

「不要！」如初仰起頭說：「我們出去吃點東西，順便散散步好不好？就在附近，身體一有不對馬上就回來。」

她的口氣跟犯人懇求放風沒兩樣，蕭練本想勸她算了，話到嘴邊忽地想起來，自從搬回來之後，如初出門的次數，少到兩隻手數得出來。

她從不抱怨，因此他也就忽略了。

吸收了金砂，如初的身體應當還能支撐。即便有誰要來突襲她，有寶寶的異能再加上他的劍陣，起碼可以全身而退。

他於是答：「走吧，多加件衣服。」

街燈一盞接著一盞點亮，如初牽著蕭練的手，走在街上，東張西望。

城市樣貌變化得極快，雨令公司所在地又是新開發區，她離開還不到三年，便多了好多工地，街上人潮也較以往洶湧。走著走著，甚至還路經一家獸醫院，如果當年這家就開了，她跟蕭練搞不好根本沒機會發展感情。

想到這裡，如初笑出聲，正好一名二十出頭的女孩抱著一隻小狗從獸醫院裡走出來，大約見她無故發笑，因此用奇怪的眼神盯著她看了好一會兒。

雖然冬寒料峭，年輕女孩不畏冷，短褲長靴露出一雙盈盈美腿，讓人移不開眼。

相較之下，如初覺得自己老了，或起碼心老了。她將外套裹緊，靠在蕭練身上，再走了一陣子後忽然扯扯他的衣袖問：「軒轅的異能到底怎麼回事啊？」

「他雖然屬於兵器類，但是異能更接近『法則』。」

見如初一臉茫然，蕭練又解釋：「這種異能自成因果。對軒轅來說，他出劍爲因，那麼果就是，在軒轅劍攻擊的空間裡，無遠弗屆，無堅不摧。」

「因果？」如初愣了一下問：「鼎姐的預見畫是不是也算一種法則？」

蕭練點頭，但如初總感覺有哪裡不對勁。她偏了偏頭，問：「照你那麼說，那、軒轅豈不是無敵了？」

「不至於。他只能在他目標空間裡無敵，我就贏過他三次，靠出奇制勝。」

如初吸收金砂後沒那麼脆弱，蕭練也比較敢抱她。他一手摸索著，緩慢而穩定地環住如初的腰，像普通小夫妻般親熱地在街上走著，然後才問：「擔心軒轅？」

如初搖頭：「要擔心的事太多了，現在排不到他，就好奇……如果法則對上法則呢？比方說王鉞對上軒轅？」

一陣風吹來，蕭練先幫如初戴上毛線帽才回答：「王鉞的時間異能目前找不出因果律，我跟大哥討論過，傾向不算法則。」

肚子裡傳來一股莫名的感覺，寶寶顯然很有意見，如初看看自己的小腹後甩甩頭，將這突如其來的思緒甩開，卻又忍不住問蕭練：「你還沒回答我法則對上法則怎麼抗衡？」

「答不出來。法則類的異能非常罕見，就我所知，彼此都會完美避開正面對抗的可能性，像鼎姐跟軒轅就是一個例子。」蕭練說著，忽然想到，又補充：「杜哥的言出法隨就本質而言應該要是法則類的異能，但他的情況特殊，削弱了異能的強度。」

「好像冥冥中自有安排一樣。」如初出神地這麼說著，同時輕啜一口咖啡。

舌尖冰冰涼涼的，她啊了一聲，嘟噥：「咖啡冷掉了。」

原本一出門，她便買了一杯熱咖啡捧在手上，然而走了一段路，還沒決定好要吃什麼，咖啡竟已經完全冷掉。

蕭練於是往回走，幫她再買一杯。如初裹緊羽絨衣坐在路邊的椅子上欣賞街景，藍白相間的公車在路上平穩地行駛著。

風很輕，陽光照在身體上，起了一絲暖意，如初放鬆地仰起頭往前看。不遠處有棟新蓋好的大樓，白色建築物旁立了一根造型典雅、散發著青銅色澤的路燈，頂端不時閃出一點紅光。

紅光？

如初瞇起眼睛。原來，路燈上安裝了一具小巧的監視器，也漆成了青銅色，與環境完美融合，像是躲在竹林裡的青竹絲，張著腥紅的雙眼，緊盯著獵物……

砰砰砰！

最後聽到的聲音，是震耳欲聾的心跳，像打鼓般敲在她耳膜。

而最後映在如初眼底的畫面，是蕭練站在飛劍上朝她衝了過來，跟預見畫上的他，一模一樣。

10. 飛蛾撲火

有人在看她，眼神充滿熱切，以及……期盼？

如初猛然睜開雙眼，卻並未看到那雙偷窺的眼睛，事實上，她什麼都看不見，周遭是伸手不見五指的黑暗，而她躺在堅硬又冰涼的地板上，身體隱隱作痛，像遭受大力撞擊過……身體？

如初趕緊將手放在小腹上，然後整個人如同泡進冰水般，從頭到腳都涼透。

肚子消下去了！

她不由自主地劇烈顫抖了起來，手指緊握成拳，然後才察覺到，原本因懷孕而浮腫的指頭，在此刻卻恢復了靈敏。不、不光如此，腰跟肩頸都活動自如，而且更加靈便，她的身體狀態像回到了懷孕前，或甚至於大學時代！

這究竟怎麼回事？如初在黑暗中翻身坐起，抱住平坦的小腹，抖著嘴唇輕聲問：「寶寶？」

砰砰。

兩聲若有似無的心跳，自遙遠的天外傳來，聲音既虛弱又遙遠，跟以往來自體內的聲音截然不同。

但這點聲音，卻帶給如初無窮希望。她再問：「你還在？」

砰砰。

隨著這兩聲微弱的心跳，力量重新回到了如初的四肢百骸。她深吸一口氣，理智跟著回籠，開始分析眼前的狀況。

胸腔裡的氣很足，顯然不只是身體外部，就連內臟的狀態也跟著變好。但明明在失去意識之前，公車朝著她衝過來，就算蕭練來得及救她，小擦小碰撞總難免，再加上她又懷孕，怎麼想也應該是被送進醫院，或者被帶回家，爲什麼卻被帶到這裡來？

這裡、又是哪裡？

環顧四週，依然什麼都看不見，她、她……死了嗎？

如初緊緊咬住下脣，一直咬到血腥味流入喉間，才慢慢鬆開。

思考片刻，她謹慎地於心底無聲呼喚：「寶寶？」

砰砰。

弱到幾乎聽不見，但可以肯定，即使不張嘴，寶寶也能聽見她的心聲，並且做出回應。

不管她現在情況怎麼樣，起碼，寶寶還活著。

這個發現幾乎讓如初喜極而泣，她努力做深呼吸，等心情平靜下來之後，才小心翼翼在黑暗中翻了個身，四肢著地，低伏下身體伸出雙手一點一點往外摸索。

地面堅硬冰冷，表面的觸感像岩石，每隔一小段距離便有一道縫隙。她的頭髮被風吹得一直往臉頰飄，所以這不是個密閉空間。如初用力嗅了嗅，聞出空氣裡混雜著燃燒的煙味與金屬融化的味道，有點熟悉……

劍廬的味道？

她被拉進傳承裡去了！

隨著心念一動，遠方驟然亮起一簇火光，在黑暗裡像個溫暖的指標，當然，也像個陷阱，等待人飛蛾撲火。

火光解除了黑暗，如初低下頭，看到是一條漫長而狹窄的青石板路，朝著亮處往前延伸，好似無聲的指引。

之前的那種被窺伺感又出現了，如初沒理會火光，卻在原地盤腿而坐，閉上眼睛，將所有的線索都在腦子裡一條一條理清楚。

遠處的火光時大時小，還有一陣子完全消失，像是有人等得不耐煩在發脾氣。然而如初完全不理會，直到感覺準備好了，她才倏地站起來，大步朝火光處邁進。

十分鐘前，現實世界裡，蕭練什麼都顧不得了。

早在公車撞向如初的前一秒，彷彿心有所感似地，他驟然回頭，接著便看見那心神欲碎的一幕。

光天化日之下，當著周圍所有人的注視，他飛劍直衝而上，同時放出劍陣。公車在劍陣的全力阻擋下硬生生偏移了一點，雖然沒直接撞到如初，但還是撞上了她所坐的鑄鐵公園椅，也將她撞飛至半空，轟地一聲，椅子硬生生被撞爛。當碎玻璃與驚叫聲同時四濺開來時，蕭練已抱起如初，腳下幾步輕點，來到一旁。

懷裡的人臉色雪白如紙，蕭練只顧著緊緊抱住她，人潮迅速在他周圍繞了一圈，有人似乎在跟他說話，但蕭練什麼都聽不見。

直到含光狂奔而來，護著如初與他一起上救護車之後，蕭練才逐漸清醒過來。他接過含光遞來的手帕，茫然舉起手，用疑惑的眼神看向殷含光。

「擦擦。」含光說。

蕭練低下頭注視著雙手，他現在才發現，自己滿手都是鮮血。如初的血。

一上車，救護人員便已熟練地幫如初接上各種維生器材，十分鐘前還活蹦亂跳，吵著要吃這個吃那個的女孩，如今安安靜靜躺在車廂裡，身上插滿管線。

看見車禍的那一刻，蕭練心內充滿恐懼，到了現在，情緒反而變平靜，他有條不紊地將手擦乾淨，握住如初。

她的手還有點暖意，胸口微微地起伏，他想，也許，還來得及……

車在醫院門口停下，殷含光先跳下車，隨即變了臉色——刑名與王鉞，並肩站在醫院門口。

周遭所有事物，都在瞬間停止了動作，人跨出的腳誇張地停在半空，狗狗用後腿站立，剛躍下牆的貓咪前爪點地，身體在空中拉得修長。在這個全然靜止的世界裡，含光只能眼睜睜地看著刑名含笑而立，王鉞神色嚴肅，一步接著一步，走經過他身邊，來到救護車半開的門前。

跟之前一樣，王鉞施展異能時自己也會受到極大限制，他喘著氣登上救護車，看都不看蕭練一眼，直接伸出手朝如初抓去。

「寶寶。」

生平第一次，蕭練誠心誠意地於心底呼喚這兩個字。砰砰。

也是第一次，他聽見了回應。

下一瞬間，如初前方彷彿出現一片透明的葉形光幕，擋下了王鉞伸出去的手。緊接著，宵練劍自光幕中央憑空出現，而在王鉞身後，蕭練已經變得半透明，眼神孤寂狠戾，像負傷的野獸，在生死關頭發出致命一擊。

噗哧一聲，在蕭練身形消散的同時，宵練劍暴起，向前一竄，直直沒入王鉞體內，透出一段黝黑的劍尖。王鉞帶著還插在胸口上的宵練劍直直倒了下去，人形也跟著消散，變回一柄巨斧。

王鉞一倒下，時間暫停的異能隨之解除，救護車內監視器發出刺耳的滴滴聲，一旁醫護人員也顧不得剛剛發生了什麼事，取出電擊器便對如初展開急救，而救護車外，含光自虛空抓出銀白色短劍，對著直衝過來的刑名揮去……

現實世界天翻地覆之際，如初正孤身走在漫長的黑暗之中。

壞消息是，無論怎麼走，火光始終離她十分遙遠，這條路像是沒有盡頭；好消息是，無論怎麼走，她始終不會感覺到疲憊，跟以往進傳承的經驗完全不同……

或許，這並非什麼好消息？

正當如初這麼想的時候，她腳往前跨出一步，便從黑暗跨進光明，一腳從青石板路直接踏進劍廬。

劍廬像是全新的一樣，爐子、磚瓦、門窗，所有事物都完好如初，一絲遭受到破壞的痕跡也沒有。山長還穿著上次見面時的衣服，坐在小水池旁撩水玩，見如初進門後她偏頭笑了笑，像什麼都沒發生過似地打招呼說：「妳來了。」

「妳把我拉進來的？」如初緊繃著臉直接問。

崔氏以前也幹過，山長有同樣能力不稀奇。

山長噗哧笑出聲，甩掉手上的水珠，說：「怎麼可能，當然是妳自己選擇進來的。」

如初想都不想便反駁：「我沒有——」

「有喔，別急著否認。」山長豎起一根指頭打斷她，又說：「每個傳承者在臨終之前，傳承都會朝他打開一扇門，要不要進來，悉聽尊便，跟開啓傳承的時候一樣。那不是一個理智、或甚至意識層面上的決定，但依然是妳的決定，否認沒有任何意義。」

臨．終．之．前？

這四個字將如初炸得頭暈眼花，之前所有的猜測全部落空，她嘴巴張張合合數次，才勉強發出聲音問：「我死了？」

山長嘴角彎了彎，沒回話，如初捕捉到了那個笑容，卻無法理解——她的死亡，對山長來說是件值得開心的事？

不、這不重要，重要的是她死了，寶寶還能活下來嗎？

如初差點要問出口，話到嘴邊卻又臨時收回。直覺告訴她，山長並不知道寶寶的存在，而且，對方繼續不知道比較好。

她的恍惚落在山長眼裡，卻形成另一種解讀。山長仔細打量如初幾眼，又說：「接受自己的死亡不容易，子初當年都要大哭好幾場才緩過來，崔氏就更糟糕，始終不肯承認，建了一堆過往場景把自己給埋起來。要我說，她在世最後幾年落魄得很，也不知道在留戀什麼，妳千萬別變成那樣，聽見了沒有？」

這話帶著一種高高在上的憐憫，任何人聽見都會覺得刺耳但如初無所謂，她抬起眼，問：「我怎麼死的，車禍？」

「有關係嗎，死都死了。」山長聳聳肩：「死亡不可逆，這個我可以跟妳保證。」

「我就是想知道。」如初也不懂自己的堅持從何而來，但心底就是有一股勁，支撐她問下去。

山長舔了舔嘴脣，慢慢地說：「我不知道妳怎麼死的，但肯定是一場意外，而且發生得非常快，快到妳沒有歷經任何痛苦。」

「為什麼？」如初連想都不想便反問。

山長躲開了她筆直看過來的目光，說：「死之前歷經過很大痛苦，因此心懷怨恨，或留有殘念的，靈魂很容易不完整，像秦觀潮那樣，進來用處也不大。」

果然是車禍，如初默默想著。

等等，車禍？

曾經聽過的一段話忽然跳進腦子裡，也是車禍現場，是祝九，他、他怎麼說的？

砂石車撞向警衛室的畫面以慢動作在如初眼前回放，煙霧迷漫中，祝九的聲音響起，他說：「意外是一連串巧合加總之後的隨機突發事件。如果我們刻意操控放大每個巧合發生的機率，卻不改變隨機的本質，這樣的事件，應該也還算意外。」

她因意外而死，但所謂的意外，卻可能是被加工製造的結果？

現實世界，誰會花這麼大力氣來害她，刑名跟王鉞，目的是什麼？

但是，如果她已經死了，爲什麼還能聽見寶寶的心跳？

一條一條分析下來，如初越想越不對勁。她忍不住抬起頭問山長：「妳怎麼能確定我已經死了？」

「妳來的時候不是走過了一條路？心跳不停止，妳走不出那條路。」山長安撫似地放緩了聲音，說：「慢慢妳就會知道，傳承是個機制相當完整的地方。」

如初想起之前走過的那條漫長青石道，以及一步從黑暗跨進了光明的感受。

「那就是死亡？」她喃喃問。

「我也經歷過，不容易接受，妳可以坐下來，緩一緩再說。」山長如此回答。

所以自從進入劍廬之後，寶寶的心跳聲再也沒出現過，就憑這一點說她死了，似乎也合理，但如初總感覺事情有哪裡說不通。

山長會不會在騙她？

爲什麼要騙她？

懷疑在心底扎根，而且瞬間長大。

如初在心底默默告訴自己，從現在起，對山長講的每一個字都要再三衡量，同時，有很大機率，她還沒死，只不過被拉了進來然後出不去而已。

她一定得這麼想，不然，會發瘋。

做好心理準備後她活動了一下身體，捏起拳頭又問：「我現在這樣又是怎麼回事？」

「死後進來，傳承會幫妳重新調整到最適合工作的狀態。」山長也打量了她一圈，問：「看起來跟妳上次進來的時候差不多啊，怎麼了？」

「沒事，忽然知道自己死了，有點、轉不過來。」表演不出來驚惶，如初索性木著一張臉回答。

她現在的狀態很奇怪，明明非常非常慌張，但有股奇異的力量，將身體裡面的情緒一點一點往外推出來。慌張也好、害怕也好，所有情緒統統變得很淡薄，腦子裡最後只剩下一個念頭，就是她要活著離開傳承……

不惜一切代價。

「還好嗎？」山長殷切詢問。

如初彎腰拉筋，臉部繼續維持呆滯表情，說：「很好。我死之前有一陣子身體不太行，現在反而輕鬆了。」

見如初毫無懷疑地接受了自己的死亡宣告，山長眼底的欣喜之色益發濃厚。她保證似地告訴如初：「之後會更好的，等妳——」

「等一下。」如初直起腰，忽然想起一件事，忙問：「我感覺我還是我自己，除了不知道怎麼死的之外，沒有失去任何記憶，這樣也正常？」

「當然不，非常特別！妳很強大，因此可以完整地進來，完整的意識，完整的記憶，完整的靈魂……妳知道那代表什麼嗎？」

山長看向她的眼神已赤裸裸地充滿熱烈與期待，跟她在剛進來時所感受到的窺伺一般無二。

如初謹慎地搖搖頭，山長從水池邊一躍而下，合掌說：「妳已經通過第一關考驗了，恭喜，山長候選人。」

「……謝謝？」

倘若此時此刻，有面鏡子立在她面前，如初會發現，她現在的神色，跟控制劍陣對敵時的蕭練極為相似——同樣面無表情，摒棄一切雜念，專心應敵，如此而已。

「那接下來呢？」她沒等山長開口，馬上又發問。

「需要通過第二關考驗，接下我的位子，成爲山長。」對方毫不猶豫地回答。

「如果我沒通過呢？」如初追問。

沒想到如初這麼快便進入情況，還貌似頗爲積極。山長愣了一下，才說：「妳會留在傳承裡，情況好的話像崔氏，在傳承裡自己圈一塊地自己過，製造出一堆假人來陪妳。也有其他人，意志力沒那麼強的，過著過著慢慢就發瘋了，最後消散掉，我也不曉得他們去哪了……不過妳會通過的，一定！」

山長說著便舉起腳步，催促如初：「走吧。」

她看起來好急，爲什麼？如初站在原地不動。垂下眼遮住自己打量山長的目光。

山長推開門，外面一片白茫茫，雲裡霧裡什麼都看不清。但同一時間，劍池裡的山泉咕嘟咕嘟又開始沸騰，水蒸氣張牙舞爪朝她撲來。

「來啊。」山長出聲催促後，便率先踏出門。

前方也許無路，但留在原地，就連希望都會斷絕。

山長的身影迅速被濃霧吞蝕，如初深吸一口氣，緊跟在後，也跨出門外。

白霧輕拂臉頰，如初原已做好了再度陷入伸手不見五指的心理準備，然而下一步，濃霧消散，她一腳踩在一片無際的水面之上。

星空如穹幕般覆蓋在頭頂，腳底下的水色澄清透明，靜謐地鋪展開來，在遠處與天空連接成一線。

水天交接處，聳立了一株直入雲霄的大樹。跟她曾經瞥見過的那棵樹，一模一樣。

水面如鏡般平整，倒映出點點星光，夜空上銀河貫穿天際，壯闊無比。那棵樹卻比銀河還要壯觀，頂天立地，枝枒伸展，直直衝破了夜空，看不到頂端，令人一見之下，便打從心底產生敬畏感。

碰碰。

久違的心跳聲忽然自天際響起，如初臉色劇變，不自覺朝聲音處望了一眼，又趕緊收回視線，看向走在前方的山長。

山長沒有任何反應……她聽不見？

電光火石間，一個大膽的猜想浮現在如初腦海。

打從跨出劍廬之後，壓抑感就消失了，無論是腳下的水面，頭頂的天空，以及那棵大樹，都讓她心生開闊，再加上寶寶心跳聲的突然出現……

此地，不受山長管轄。

身體比理智更先啓動，如初腦子還沒想清楚，雙腳便邁出步伐，朝樹的方向大步走去。漣漪在腳下一圈圈蕩漾開來，她走了幾步確定踩實後，索性放開腳步在水面上奔跑了起來。

她就這麼一直跑到離主幹不遠處才停住腳。樹根盤根錯節，像一張大網般蔓延開來，既廣且深。如初彎腰摸了摸樹根，接著仰起頭，往上看。

這棵大樹的樹形神似紅杉，中間一根粗壯的主幹，筆直往上延伸，從幾層樓高處起蔓伸出巨大的主枝，再延伸出分枝，最後形成濃密的樹冠，形狀宛如一座寶塔，無數深黃淺黃金黃色葉片閃爍於其間，根本看不到頂端。每當清風拂過，帶動樹枝梢頭的剎那間，擺動的葉面上都滑過一幅人間景象，衣著與年代各自不同，彷彿數千年的悲歡離合在同一棵樹上上演，分外壯觀。

「本源之樹。」山長站在不遠處，仰頭看著樹，眼神裡有如初看不懂的強烈情緒。她停頓片刻才開口，又說：「這裡是傳承最深處，所有的……都在樹上。」

所有的什麼？

如初剛要發問，便見一片葉子打著旋飄落下來，原本比人還大的葉片在降落過程越縮越小，最後縮成了巴掌大，懸浮在山長面前。

山長用兩根指頭捻起葉梗，葉片頓時化成一張紙，被她捏在手上。山長轉頭交代如初：「妳先把妳的合約叫出來，才能開啓考驗。」

如初環顧四周，謹慎地問：「怎麼叫出來？」

「心念一動就可以了，妳之前在秦觀潮失控那次也做過，一模一樣的。」山長壓低了聲音解釋，語氣在平靜之下暗藏激動。

她在興奮什麼？

如初瞥了山長一眼，才將心思轉回眼前。她不記得上次怎麼叫出合約的了，只能照著山長剛剛的姿勢，依樣畫葫蘆地伸出手，心裡默默念著合約過來。

下一秒，一片葉子驟然出現，懸浮在她手掌心上方，看起來跟她在保險櫃裡找到的那片青銅葉一模一樣。

這片葉子的出現方式跟山長的完全不同。如初注視著葉子，狐疑地問：「爲什麼我的合約不是從樹上飄下來？」

山長眼底流露出一抹困惑神情，但表面上卻端出一副這沒什麼的態度，淡淡地說：「能化成合約就好了，細節不用管……妳行嗎？」

又來了，這種壓抑中包含迫切期待的語氣。

如初垂下眼，學山長用兩根指頭捏起葉柄，葉片順利化成厚實飽滿的紙頁，末端還有她的簽名。相較之下，山長手裡的那片紙非常之薄，幾乎是半透明的，精緻的葉脈肉眼可見。

山長明顯鬆一口氣，嘴角微揚，緩緩說：「好，在考驗開始前，我先解釋規則……等等。」

彷彿想到什麼有趣的事，山長的笑意加深，朝如初問：「妳怎麼看這棵樹？」

聽到問題的第一時間，如初直覺反應是低頭。

果然，雖然水下的樹根密密麻麻像一張網，阻擋了視線。但穿過樹根所形成的網絡，依稀可以窺見到水底下也倒掛生長著一棵樹，形狀跟水面上的大樹十分相似，只不過樹冠向下，無限延伸。

她在奔跑時便注意到了水底的樹，起初以爲這只是大樹的倒影，但如今靜下心仔細看便發覺，樹形雖一致，但水面上跟水面下的樹葉，出現的景象並不相同。硬要打個比方的話，水面上的這棵樹，樹葉展現出的好似一齣齣已經錄製好的古裝劇，畫面豐富完整，越往上年代越久遠。

水面下的樹如初能看到的範圍有限，靠近她的葉片很現代，但畫面殘缺不齊，不時閃出一片空白。葉片離她越遠，空白的情況就越嚴重，偶爾閃出的畫面也異常陌生，像是奇幻或科幻片上才會出現的場景。

以水平面爲原點，延伸向上的，與延伸往下的……

「過去跟未來？」彷彿被一道閃電擊中了，如初脫口說出自己都不太能理解的話語。

山長似乎不太驚訝，她瞥了水下的大樹一眼，又對如初說：「別再看了，未來與妳無關。」

她指指頭頂上的樹，繼續說：「樹上的每片葉子，都能讓人回到一段特定的時空，比方承載妳合約的那片葉子，就是妳過去開啓傳承的契機。當然，要回到過去，妳得先有辦法上樹。」

如初愣了一下，不敢置信地問：「每片葉子，都能讓人回到過去？」

「一小段特定的時空而已。」山長一副沒什麼大不了的神情。

然而這遠超乎如初的想像，她提高聲音，再問：「眞實的過去？」

「當然。」

「如果能回到過去，不就可以改變歷史了？」如初喘著氣，完全無法理解山長的平淡。

「想得美呢妳。」山長嘴角彎出了個弧度，眼底卻毫無笑意，她說：「只要行爲被判定足以改變歷史，傳承就會把妳踢出來，然後抹殺掉一切妳在過去留下的痕跡。」

「意思是……」如初消化了一下，問：「只准旁觀？」

山長用鼻子哼了一聲作回應，如初追問：「如果只准旁觀，那爲什麼要創造出這樣一棵樹，讓我們可以不斷回到過去？」

「方便做教材啊。之前妳在傳承裡進去學習的每一道場域，都是子初辛辛苦苦回到過去搬運出來的，感恩吧。也只有她那軟綿綿好欺負的性子，才肯死了還做白工。」

明明是子初做白工，山長的語氣卻帶著怒意，如初完全不懂，只能裝出有同感的樣子，用力點了點頭，又問：「這也是傳承的機制？」

「是。」山長看向樹，又說：「讓妳回到過去，一次一次重溫悔恨無比的場景，看得到、摸得到，就是無法改變……純粹噁心人的機制。」

原來，她恨的是這個。

如初暗暗記下這點，又指著腳底問：「那、未來呢？」

「進不去，妳只能看著，還永遠看不清。」山長呼出一口氣，看著她又說：「我始終懷疑，山長這個位子，根本就是一種懲罰，而非權力。」

許多念頭此起彼落在如初腦海裡湧現，但她壓下了所有情緒，沉著地點頭，配合回答：「是，挺辛苦的。」

「我就知道妳能理解。」山長踏前一步，伸手將自己的合約遞到如初面前，輕聲又說：「這份合約，就是開啓回到過去之門的鑰匙。妳拿著我的合約，到樹上隨便找片葉子試試，只要能回到任何一個過去，就算通過考驗了。」

「……爲什麼要用妳的合約？」如初退後一步問。

「一個嘗試而已，別擔心，用我的不行，妳再換回來用妳自己的。」山長對她笑笑，安撫地說：「別怕，我不會害妳。」

如初瞥一眼山長手中的合約，看到簽名欄位部分只有一點點顏色極淡的痕跡，完全看不出姓名。

靈光一閃，如初忽地問：「妳有沒有上去過？」

山長張開嘴、又闔上。如初盯著她的臉，心裡的想法益發堅定——山長不能在這裡說謊，或者，不能就本源之樹有關的問題說謊。

「妳沒有，但妳還是通過了考驗，成爲山長……」如初頓了頓，再問：「上去的是子初？」

「傳承要的本來就是她，我不過是個附贈品，夾帶進來而已。」山長苦笑一下，又說：「本源之樹排斥我，但子初上去的時候我都醒著，那些步驟我都記得，完全可以教妳——」

「所以光憑妳自己上不去？」如初打斷問。

山長點點頭，又把合約往前遞了遞，說：「妳其實不用管那麼多，只要做好我要妳做的，我們兩人都會更好。」

「什麼意思？」如初再退一步，皺起眉頭問：「如果我拿妳的合約成爲山長，那妳拿我的合約要幹麼？」

山長緊緊抿著嘴，流露出困擾神色，如初又說：「都到這裡了，妳不跟我講清楚，我不會答應的。」

「我……」山長欲言又止片刻，低聲說：「我想試試看，用妳的合約，離開傳承。」

這個答案完全出乎如初意料之外，她連臉上表情都控制不住，瞪大眼睛問：「怎麼離開？」

山長嘴脣微動，卻沒發出聲音。如初跨前一步，又說：「妳不都說我死了嗎？一個死人的合約還能幫妳離開傳承？」

「妳別急，聽我講……」

嘴裡雖然這麼說，山長卻不自覺避開與如初視線接觸，將目光轉到了一旁，才又緩緩說：「傳承的機制是這樣，從傳承者心跳停止開始，一直到他真正死亡，靈魂離開身體之際，門都一直開啓，方便傳承者進入。所以當妳一跨進劍廬，我就停下了傳承跟現實世界的相對時間……」

「也就是說，在現實世界裡，我雖然心跳停了，可是還沒死？」如初瞬間想通，眼神頓時熱切了起來。

「妳活不了的，傳承從不誤判，不然也不會讓妳進來。」山長抬起頭，迅速接話，而這一次，她直視如初。

看起來不像說謊，然而這是全部的實話嗎？

一個計畫在心底迅速成形，如初警戒地望著山長，腳下卻不著痕跡地退一步，更加接近樹幹。

「這對妳只有好處沒有壞處。」山長也有點急了，她走上前，懇切地又開口：「如果我能成功，妳也可以用同樣方法出去。蕭練在外頭一定會想盡方法來幫妳，到時候裡應外合，很容易，幫我就是幫妳自己。」

「可是妳已經死了，而且死很久了……」如初有預感，謎底快拼湊完成，就差最後一塊。她做出惱怒的模樣，又說：「妳不會想出去之後附在我身上——」

「少胡思亂想。」山長沒好氣地打斷她，說：「我對妳的身體毫無興趣，自有人幫我找到一具乾乾淨淨的軀殼……」

山長臉色微變，倏然打住，但已經遲了——如初想起那些被刑名虺蛇所控制的人。

原來，刑名與王鉞勾結的人是山長。

原來，這場交易是透過這樣的方式達成。

原來，造成她死亡的始作俑者，就站在眼前。

如初連退好幾步。抬起頭，眼神清明地說：「我不要。」

話還沒說完，她扭頭便奮力地往大樹主幹衝。然而，就在她即將抵達樹幹的時候，一股巨大的威脅感忽地自背後升起。

「再逃，我就不客氣了。」山長冷冰冰的話語聲跟著響起。

如初轉過身，只見山長手持一柄漆黑的長劍，離她只有一步之遙。

那是宵練劍，然而被山長握在手中，卻給人一種濃重的權威感，跟她所熟知的堅定孤執氣息截然不同。

如初只不過分神瞄了劍一眼，下一刻，山長就以鬼魅般的腳步奔到她面前，劍尖抵住她的肩膀。

「妳的合約。」山長朝如初伸出手。她的頭髮在奔跑時散了開來，如今披頭散髮，態度卻依舊從容，顯然十分有把握。

如初退後一步，背抵住了樹幹，心裡默默描繪虎翼刀的模樣。她試了幾次，卻沒任何動靜，山長似乎知道她在打什麼主意，翹了翹嘴角，說：「沒用的。只要我還是山長，妳就無法與我抗衡，即使在這裡也一樣。」

如初手裡的合約不知何時變回了葉片，不安分地在手裡扭動著，彷彿想離開。如初將拿著葉片的手背在身後，握緊了說：「妳還要跟我交換身分，妳不能把我怎樣。」

「好可愛，太平盛世裡出來的人，說話做事都那麼天真。」

山長話說得輕飄飄地，手卻下得極重。劍尖往前一遞，刺進了半寸，鮮血頓時泉湧而出，如初痛到臉色發白。她在腦子裡不斷提醒自己，感覺而已，都是假的，只要能回到身體就好了，只要能回去……

如果不能，她也不要變成第二個山長！

山長優哉游哉地打量著她，又說：「我出生的年代，折磨人的法子多的是，要不要一樁樁輪番試試？」

劍尖在傷口裡轉了半圈才抽出，如初痛到整個人都在發抖，手裡的葉片也跟著抖動得更加劇烈，彷彿急著想掙脫她的手。如初咬了咬嘴脣，忽然蹲了下來，接著抬起頭往上看。

雖然明知這是個聲東擊西的小伎倆，山長依然不自覺跟著抬起眼。就在她視線離開的那一刻，如初將葉子往空中一丟，同時奮力往上跳。

葉片在瞬間變得比人還大，朝上飛去。她險而又險才抱住葉梗，便聽到一個聲音……

砰砰。

久違的心跳聲再度響徹天際。

11. 刹那即永恆

「我的疏失。」

一得知車禍的事，祝九立刻拉著封狼飛到四方市。他站在如初公寓的客廳沙發前，對著臉色凝重的含光一頷首，說：「我早該想到，從砂石車意外那次看來，刑名非常擅長運用現代科技，一波又一波派出去的人跟小金蛇都是煙霧彈而已。」

他闔上眼，又說：「這是預謀，且所圖甚大。」

「不重要了。」含光將頭埋在雙手掌心，喃喃說：「你有任何能幫老三或如初的主意，趕緊。」

距離意外發生已經過了一整天，蕭練與王鉞硬碰硬後雙雙失去人形，刑名帶著王鉞的本體逃脫，含光則將宵練劍帶回公寓。

如初原本在救護車上時，還能用各種儀器施加急救，發生過一次心跳暫停又被搶救回來，再之後，便不時發生排斥含有金屬配件儀器的情形，顯然是寶寶依然抗拒，但因爲太過虛弱而無法持續。

這狀況自然不適合待在醫院，含光於是將她接回公寓，找齊了中醫西醫伺機而動治療，但如初始終並未脫離險境，蕭練也依舊沉睡在本體裡。

能做的都做了，現在的含光完全無心應酬，他喃喃說：「不怪你，現在講這些也於事無補——」

「有補。」祝九平靜地打斷他，說：「意識到錯誤之後，我就問自己一個問題：刑名如此愛玩障眼法，那有沒有可能，我們認知裡的某些事，其實是被障眼法所蒙蔽？」

含光揉眉心的手停在半空，祝九對他一頷首，下一秒，封狼穿牆而出，手上緊緊握住一把金針。

針在他的手中扭動個不停，含光視線落在針上，從牙縫裡擠出三個字：「司計霜。」

亞醜族族長，本體是一把金針，異能是傷害轉移，可將其他化形者所受的傷，轉移到自己身上。

王鉞的傷能好得如此之快，金砂恐怕只是個障眼法，司計霜的幫助才是主力。

含光冷冷看著封狼手上的金針，祝九提醒他：「舊帳不急著算，幫如初蕭練才是首要之務。」

「有件事得先搞清楚，才好談判。」承影抱著宵練劍從房間裡走出來，又說：「與王鉞刑名合謀，打傳承的主意，這是亞醜族全族的決定，還是司族長私底下接案，純粹生意？」

一直在設法逃脫的金針忽然不動了，像是人聽到消息僵住。含光瞄一眼金針，抽出手機說：

「我問問少青。」

祝九走上前，饒有興致地拍了拍一直跟在承影身邊的麟兮，又與承影低聲商議幾句。幾分鐘後含光走了回來，斷然說：「司計霜的個人行爲，跟亞醜族無關。」

「那就好。」承影走到封狼面前，蹲下來看著他手裡的金針說：「司族長，打個商量。」

他抽出宵練劍，指著劍尖上頭一道嶄新的傷痕，又說：「請你出針一次，我們照慣例付診金，如何？」

針搖擺了兩下，針頭一點一點晃動，彷彿在考慮。

承影打鐵趁熱，又說：「您太容易溜了，我們不方便放手，可以的話，就麻煩您留在本體裡幫蕭練療傷，診金我們銀行轉帳？」

針頭非常人性化地點了點，承影將宵練劍移近金針，針緩緩在傷痕上滑過半吋，眼看著傷痕迅速變淺，承影心頭一鬆，針卻停了下來，再不肯移動。

「需不需要我出刀，削一頓就老實了。」封狼問。

「請醫生不能這樣請的。」祝九好笑地制止了封狼，回頭對忙著聯絡其他事情的含光說：

「就我所知，只要錢到位，司族長素來很有醫德。」

含光在手機上點了幾下，冷著臉將顯示匯款紀錄的螢幕放到金針前方，針繼續移動，隨著傷痕一絲絲收窄，宵練劍的劍身逐漸泛起寒光。

當現實世界裡宵練劍上的傷痕因司計霜的到來而有所緩解之際，傳承之中，如初抱緊葉柄，一路向上。

她的肩膀被山長刺穿了個大洞，血流涓涓不止，很快便染紅了半邊衣裳。如初騰不出手來止血，一陣子後開始感到頭暈，整個人都在發冷，人也跟著失去力氣。

得先趕緊找到地方落腳才行，她默默想著。

然而手上這片葉子跟她的心意並不相通，只自顧自往上衝。風在耳邊呼嘯而過，如初幾次試圖減緩速度都徒勞無功。終於有一次，她抓住了身旁一根橫生的樹枝，用盡全身的力量往下拉，經過短暫的僵持後，手中的葉片驟然縮小，她頭下腳上一個倒栽蔥，直直掉在一片大葉子上。

頭撞到葉片的瞬間，如初感受到一點點阻力，像撞上一層厚厚的肥皂泡膜。緊接著，碰地一聲，她整個人自半空跌落，摔在硬邦邦的大理石地板上。

傷口處的疼痛感驟然消失，如初低下頭，赫然看到外套上一絲血跡都沒有。她不敢置信地拉開拉鍊查看，只見肩頭的肌膚一片光滑，什麼都沒有，就好像剛剛山長刺傷她的那件事從來沒發生過。

難道，在這棵樹上，只要改變場所，身體的狀態也會跟著改變？

雖然摔到的地方有點疼，但頭不暈了，身體也不再發冷了，全身上下重新充滿精力。如初跳起來左右張望，她身處在一個十來坪的房間裡面，沒有窗戶，身邊四周全是一排排的金屬櫃，每個櫃子都分成了許多小格，每個小格上都有兩個鑰匙孔，一望可知是銀行的保險箱，看上去有那麼一丁點眼熟……

所以，山長沒騙人，她真回到了過去？

「先生，這邊請。」

帶著明顯四方市腔調的中文自門外響起，如初迅速溜到了角落躲起來。緊接著，她看到穿西裝身上掛有名牌的銀行經理，領著拎了個小手提箱的蕭練走進來……

蕭練！

看到他的第一時間，如初便張開嘴，幾乎喊出聲。她咬緊嘴脣，將懸在半空中的腳縮了回來，重新貼緊牆壁站好。

就山長所言，這一步踏出去，如果被判定能足以改變歷史，傳承就會把她給踢出這個時空。

不確定會發生什麼事，還是先觀察情況再說。

蕭練與銀行經理走到一個櫃子前，各掏出一把鑰匙，打開了一個保險箱。經理將裡頭的長鐵盒拖了出來，放到附近的寫字桌上，對蕭練點頭致意後，便離開了房間。

蕭練打開手提箱，一樣一樣，將裡頭的東西放進鐵盒內。而縮在角落裡的如初，在看到那些東西時，慢慢紅了眼眶。

他用過的劍，帶過的髮簪、玉珮……每一樣都是給她的禮物，代表了一段他曾歷經的歲月。蕭練放舊物時動作較慢，不時停下來撫摩片刻，像是回憶過往。但越到後來，他的動作就越俐落，最後他從手提箱裡取出一疊地契，看都不看一眼便塞進鐵盒之中，接著他將保險箱歸回原位鎖好，轉身離去。

看到這裡，如初終於確定，她來過這間銀行。時間點當然比「現在」更晚，就在她幫蕭練解除完禁制而他尚未清醒時，承影將保險箱的鑰匙給了她，而她在保險箱裡面，看到了剛剛蕭練放進去的所有物件，以及……

門喀地一聲關上，如初後知後覺地意識到，自己被反鎖在裡面了。

她輕手輕腳地走了出來，走到那個命運的保險箱前，站住不動。

自從進入這個房間之後，原本活蹦亂跳的葉片又恢復成巴掌大小，安安靜靜被她握在手裡。如初抬頭看看保險箱，低頭看看手裡的青銅葉，再抬頭盯著保險箱不放。

她第一次看到這片青銅葉，就在這個保險箱裡。蕭練說他從沒見過這片葉子，而就在三分鐘前，她親眼見證，他放進去的東西裡，沒這片葉子。

所以，誰放進去的？

「不可能……」她一邊自我否定，一邊舉高手、墊起腳尖。

保險箱做得十分密合，連張紙片都塞不進去，然而在青銅葉片碰觸到鎖孔的一剎那，葉片忽地消失不見。緊接著，金屬碰撞的聲音自保險箱內響起，聽起來就像是那片葉子掉了進去……

如初退後半步，腦子亂糟糟地想著，她是不是在無意間，改變了過去？

不對，她沒有，她實現了未來！

這發現像一道閃電，將如初劈得都恍惚了。門外又傳出聲響，伴隨著再一次有口音的「先生，這邊請」，銀行經理推門而入，看到如初後瞳孔放大，大吼一聲：「警衛！」

幾名警衛砰砰砰衝進門，有的端起槍，有的朝她大吼舉起雙手跪下，完全就是嚴陣以待對付銀行搶匪的架式。如初這輩子連酒測臨檢都沒遇到過，事到臨頭腦子一片空白，她茫然地退後一步，下一刻，彷彿有人按下了暫停鍵，所有人的動作都在瞬間靜止不動。

一道外型如葉片、表面卻似水的全透明簾幕出現在她面前，一股柔和卻不可抗拒的力量，從她身後輕輕一推，如初腳步一個不穩，隨即跨出了簾幕。

她再次感受到那股小小的阻力，緊接著，便發現自己回到了樹上，繼續頭下腳上往下墜落，然而這一回，手上沒了青銅葉，沒過多久如初便看到離樹根不遠的水面，就在眼前。

她趕緊閉氣，準備好落水的打算。但在碰觸到水面的那瞬間，阻力再度出現，身體感覺好像落在柔軟的彈簧床上，微微彈跳了兩下，水面以她為中心，泛起一圈圈的漣漪，隨即歸於平靜。

「妳！」

身前傳來氣急敗壞的聲音，如初抬起頭，這才看到山長手持著宵練劍站在不遠處，氣得發抖，卻又彷彿有所忌憚，不敢上前。

山長在怕她？

如初並不感覺自己多了什麼神奇力量，但這也不妨礙她擺出姿態。她慢吞吞爬起來，先低下頭確認外套沒破，再摸摸身體也好端端地，這才拍掉手上的水，說：「感謝指導，我回到過去了。」

山長沒管那麼多，她盯著如初空蕩蕩的雙手問：「妳的合約呢？」

「就在上面。」如初指指大樹，挑釁地加一句：「想要就自己上去找，噢，妳上不去。」

山長臉色變得更難看了，如初聳聳肩，又說：「現在我們可以來談談合作了。」

「沒了合約妳還想跟我談合作？」山長氣笑了。

「不談也行啊。」如初頭一昂，說：「我照妳說的，回到過去，被人發現，然後又被推出來。所以怎麼樣，我已經通過考驗，現在應該要成爲山長了？需不需要跟妳來個交接儀式？」

回答她的是一截冰冷的劍尖，山長故技重施，趁她說話時猛地刺出一劍，然而劍尖在距離如初心臟不到一公分處時，葉形水幕忽地自她腳底浮現，剛剛好擋下了這一劍。

宵練劍噹地一聲跌落地面，而這一次，山長再也無法遮掩臉上的驚慌神色。

水幕優雅地落在如初腳邊，令湖面又泛起一圈圈波紋。如初的視線從水紋移到近在咫尺的宵練劍，再往上仰望不見邊際的大樹，最後又回到山長臉上。

她彎起嘴角，慢悠悠地說：「看起來，我雖然還沒能成爲山長，但是妳也不能拿我怎麼樣了……不過我爲什麼沒能成爲山長呢？」

所有的線索在腦海飄過，如初深吸一口氣，問：「因爲我還沒有死，對不對？」

地上的宵練劍瞬間消失，山長瞇起眼睛看著如初，開口說：「我聽說外頭醫術越搞越發達，即使心跳停止的人，也會被救活。」

這正是如初所想的，但被山長直接點出來，反而令她心生不妙。果不其然，山長接著又說：「這些年來，傳承對傳承者的生死判斷沒出過錯，妳之所以還活著，只因爲在傳承裡，我無限延長了妳死亡的那一剎那。」

「……時間暫停是王鉞的異能。」如初喉嚨發緊。

「而我說過，所謂異能，全部來自傳承。」山長攤手，神色自若地又說：「雖然現實中的妳，『現在』還是活著的，但只要妳離開傳承，一回到身體裡……」

她彎了彎嘴角，說：「要不要賭賭看，是妳命大，還是傳承對未來的判斷更精準？」

如初呼吸急促地站在原地，對上山長自信的眼神，自知已亂了方寸。

「妳想怎麼樣？」她粗聲問。

山長指指樹上說：「回去，把合約取出來給我。」

「我不接受呢？」

山長眼神瞬間變銳利：「那就永遠留在這裡，哪裡都不用去，什麼也別想做。到頭來，妳會發現，死亡是種解脫，可惜的是，我不會讓妳那麼好過。」

別慌，山長唬過她許多次，這次必然又是。

如初抬眼，迅速反擊：「我被困在這裡，妳也一樣。」

「妳總是搞不清楚情況啊，小姑娘。」山長走向樹根，背倚著樹盤腿坐下，悠然說：「我打個盹，妳在這裡就過了一天；我瞇個眼，妳又過了一年。我雖然不能把妳怎麼樣，但我也不需要忍受這些永無止境的時間。」

如初連瞳孔都震動：「……妳可以，讓我跟妳的時間流速不一樣？」

「當然，只要我還是山長。」山長悠然轉著手上葉片，說：「剎那即永恆。我完全可把我的剎那，化做妳的永恆。」

「……」

如初鬥敗的表情顯然取悅了對方。山長又說：「給妳一個教訓，千萬別在還沒摸透敵人的底牌之前，就冒冒失失開戰。」

如初冷冷看著她，不回答，山長一攤手，又說：「好啦，我就在這裡打個盹，妳想通了再過來。」

她說到做到，走到樹根旁坐下後立即闔上眼睛，悠閒地陷入假寐。如初站在原地好一會兒，才一步步後退，跟山長拉開了距離。

「寶寶？」她在心裡輕喚。

沒有回應。但也可能是因爲寶寶在傳承之外，而聲音的傳遞，需要時間？

頭上面是一片片的過去，無法改變的過去，腳底下是未來，尚未形成的未來。剛剛發生在銀行金庫的情景還歷歷在目。如初閉上眼睛，默默回憶——

有多少生命中曾經發生過的、無法解釋的事，是被困在此地的自己所爲？

山長有底牌，她也有，但現在還不到揭曉的時候，因爲她也還不知道，未來的自己，會留下多少驚喜。

而她做這些事，目的必然只有一個——回家。

所以，未來的她成功了嗎？

只有做了才知道。巨大的困惑像旋渦般在心底翻騰著，如初蹲下身，擺出起跑姿勢，心裡默數一、二、三，然後往前衝。

在離開過去跌回水面前如初就注意到，她變得非常輕盈，彷彿地心引力驟然降低。等跑到樹幹旁邊時，她腳下一個用力，身體隨即騰空而起，穩穩地跳到了最低的枝椏，隨著樹枝搖擺上上下下。

頭頂上離她最近的樹枝起碼有一層樓高，然而不知爲何，如初非常有信心。她微微屈膝，再往上一竄，便又上到另一根樹枝，隨著動作越來越熟稔，她的身影像一個小小的黑點，在寶塔般的樹裡一路向上跳躍，終於消失在茂密的葉片當中。

在本源樹上的第一天，如初並未立即進入下一個過去的時空。

上樹之後沒多久，天便黑下來了。雖然身體一點都不感覺累，她還是找了個比她身體還粗幾倍的大樹枝，躺著闔眼假寐一整夜。

怕睡太熟跌下去，所以雖然她中間斷斷續續睡著了幾次，都迅速驚醒，等最深的黑暗過去，天空將明未明時，如初索性爬起來朝外走。

她所在之地離水面約莫有幾十層樓高，走到枝枒末端時只見遠方一望無際的水天交會處，一絲金光正緩緩自水面升起。再跨出一步，如初看見紅彤彤的太陽像顆著了火的大球般躍出水面，球中間清清楚楚照映出一隻三足鳥的剪影。

金烏愜意地伸展雙翼，在火球裡翩翩起舞，不時發出一陣輕鳴。如初感覺自己彷彿被劈成兩半，一半的她目不暇給，對眼前神話般的景象充滿感嘆，另一半的她一心只想找到回家的路，即使是傳說般的仙境就在眼前，也只當等閒。

蕭練在等她，爸爸媽媽在等她，寶寶更是需要她，活著出去。

「很美，但也就只是很美而已。」如初低聲自言自語了這麼一句，接著轉身往回走，繼續開始往上跳。

她的本意是想爬到最高點，一探究竟。然而跳了一整天，頭上的枝葉依然濃密，看不到頂端。眼看著又到了日落時分，如初於是隨便在身邊找了片葉子，一腳踏進去。

這次她來到的過去，場景十分壯觀。不遠處人頭鑽動，挑擔的、燒煤的、打鐵的，一群群人圍繞在許多座燃燒著熊熊烈火的高爐周圍。她的突然降臨顯然嚇到了附近的人，短暫的安靜過後，人群開始交頭接耳，講的話如初一個字都聽不懂，恐慌的情緒迅速感染，舉目所及，以她爲圓心，人與人互相推擠踩踏，四散奔逃。

如初一踏進來就知道，憑這種騷動的規模，她肯定很快就會被送出去。場景看起來相當古老，肯定與她無關，因此她乾脆站在原地不動，感受原本飢腸轆轆的身體像充電般自動產生了飽足感，汗水髒汙也在瞬間被消除，整個人從內到外煥然一新，像一鍵重設，瞬間回到巔峰狀態。

看起來，以後只要感覺累了餓了，找片葉子進去就好，倒挺方便的……

她一邊這麼盤算，視線無意間飄往身邊的架子，看到數十柄剛打造好的劍。如初愣了愣，伸手拿了一柄，只見劍身刻了五個小篆：南陽郡鐵官。

她去四方市之前修復的那柄漢劍，上頭也有這五個字。蕭練面試她時提到過，而後她查資料，都說是在春秋戰國時代，掌管鐵器鑄造與貿易的官僚。

原來，不是官，而是個鑄造廠？

前方不遠處，幾個穿著盔甲的士兵拔出腰間長劍，殺氣騰騰地朝她跑了過來。有了上次經驗，如初也不驚慌，她站在原處靜靜等待，果不其然，在士兵碰到她之前，葉形門再度出現，將她推了出來。

回到樹幹時天色已暗，如初站在葉片前方想了想，扯下外套的拉鍊頭在葉片上刻下一個大大的叉，然後寫下阿拉伯數字2——這是她第二個進入的過去。

樹上的葉子太多了，如果沒有目標隨便亂闖，也不知道要闖到什麼時候。她得想辦法找出跟自己有關的過去場景，一個一個進去，看看有沒有任何異常的痕跡……

等等，這些場景，會不會是按照年代排列，越上面的越古老？

抱著這個猜想，如初繼續往上跳了一整天，隔天再隨便挑了片葉子闖進去。然而語言她聽不懂，光憑服裝與科技判斷，好像也無甚差別，無頭蒼蠅般亂闖亂竄，又過了好幾天，終於有一次，她一腳踏進過去，抬頭便看到不遠處旌旗搖搖欲墜，殺聲震天，而屍體橫布漫山遍野……

血腥味猛地衝上鼻尖，如初一低頭，猛然看到一節還在往外滲著血水的斷臂，離自己腳尖不到三公分遠。

理智還沒來得及分析，身體卻在第一時間做出反應，如初踉踉蹌蹌連退了好幾步，一腳不知道踩到了什麼，整個人跌倒在地。右手手掌傳來黏膩的觸感，如初茫然舉起手，看到掌心黏糊糊抹了一層紅白交錯的黏稠液體……

一顆被削掉了半個腦袋的頭顱，就正好被她壓在手掌底下。

歷史而已，過去了。

儘管理智拚命這麼告訴自己，但當如初跌跌撞撞爬起來之後，第一時間的反應卻還是彎下腰嘔吐。吐著吐著，她忽然聽到不遠處有人發出微弱的呻吟聲，她於是慢慢直起腰，朝前方的土堆處走去。

一名兵士搭著眼皮橫臥在土堆上，身上插了好幾支箭，雖然胸口還在不住起伏，但入氣多出氣少，顯然沒救了。

雖然人命關天，但過去都已經過去了，如初現在最關心的是——如果她被這名兵士看見，會不會立刻就被傳承送出去呢？

一定會的吧。

想到這裡她精神一振，三步併作兩步走到那名兵士面前，蹲下去大膽地伸出手推了他一下。

兵士勉強睜開了眼，用渙散的目光盯著她，嘴裡喃喃發出幾個模糊不清的音節，接著忽地拔起插在身上的箭，用力朝她刺了過來。如初來不及躲開，眼睜睜地看著他撲了過來，然後她的身體在剎那間忽地虛化，士兵直接穿過一個虛影，摔倒在地面。

如初趕緊回頭，看到的是那名士兵闔上眼，頭一歪，動都不再動一下。而她依然留在原地，並未被傳承踢出去。

他註定了死亡，而看到她，對歷史不會造成任何影響。

想通了這一點，如初站起身，茫然四顧這個陌生的古戰場，忽地想通什麼，忍不住打了個寒噤。

她得趕緊想出辦法，找出會被傳承判定爲改變歷史的行爲，不然、不然……

她也許會被困在裡面，永遠。

這是頭一回，如初深刻理解到，在戰爭面前，生命是如此渺小，甚至於輕賤。

無傷行走在戰場上，有人問都不問就提刀對她砍來，也有人看到她就五體投地、頂禮膜拜。

這些人，無一例外，後來全都死了，然而她還在——這表示他們在生命最後一刻所看到的異相，對於歷史，毫無影響。

然而這些死亡深深撼動了如初。她試著想挽救其中一兩個，或者也不算救人，就只是讓他們在最後一刻別那麼痛苦，然而似乎沒有任何意義，歷史的巨輪血肉之軀無可抵擋，她所做的，全是徒然。

轉機出現在第三天，她在壕溝底部發現一名軍官，身上滿是被刀劍砍出來的大片傷口，一雙眼睛已經全瞎。

感覺到有人靠近，他掙扎著將身後背的旌旗取下，欲託付給來人。如初其實很想告訴他，她不是那個能幫他在戰場上高舉己方旗幟的人，但看著那隻傷痕累累卻不願意放棄的手，她猶豫片刻，沉默地接過旗幟。

這個友善的舉動，令對方臉上出現一抹笑容，下一刻，如初看到軍官掙扎著抓起手邊的大刀，繼續遞上前，嘴裡喃喃不斷重複三個字。

那是如初在過去七十二小時，聽到過最多的三個字，以至於她雖然完全不理解此時的語言，卻也搞懂了這三個字的意思。

「殺了我。」

太痛苦了，所以，他們不斷請求戰友幫忙了斷。

目光掠過那面血跡斑斑的殘破旌旗，如初赫然意識到，上頭寫的是一個「趙」字，大篆。而不遠處勝利在望的一方，飄揚的是一個「秦」字。

歷史上的戰國時代，秦趙兩國間發生規模如此之大的戰爭，只有一次，便是長平之戰。戰爭最後的結果，是秦國大勝後坑殺二十萬投降的趙國軍隊，血流成河。

蕭練便是在這個戰場上化形成人，然而如初現在顧不得蕭練，她盯著眼前的那隻手，滿腦子想的都是：這個人、也會死。

她不是他的戰友，也沒有幫他的情感或義務，把他留在原地，讓秦國的兵士發現後徹底取走他的生命與勝利的幻想，似乎最合理。

然而、然而……

她望著那張面朝天充滿期待的臉龐，遲疑地接過刀，看準了心臟部位，然後閉上眼睛，狠狠將刀往前一送。

下一秒，熟悉的推力令如初腳步一個踉蹌，再睜開眼，她又回到了樹上。

滾燙的鮮血朝她噴射而來的觸感猶在，身體卻又乾乾淨淨，一如從前。如初大口喘著氣跌坐在樹枝上，將頭埋進兩膝之間。

想哭，卻哭不出來。潛意識總覺得自己沒資格哭，畢竟她只是個旁觀者，感同身受不可能等於身受。

歷史不容改變，她沒取走任何生命，但是，在如初的心底知道，她殺了一個人。

休息幾天之後，她繼續往上跳，一次又一次地進入過去。

從戰國到春秋，再從周朝跳到商代。等出入了百來個過去的場景之後，如初已經見證過軒轅劍出世的時空，也站在洞穴裡看著遠古人類發明結繩記事，用一幅一幅的壁畫來休閒與創作。

然而每當她跳出過去，站在樹枝往上望，卻還是望不到樹的頂端。

這是什麼意思，原始人已經在茹毛飲血了，還有文明存在於更久遠的年代之中？

某一天，如初旁觀一個穴居部落襲擊另一個部落，將俘虜的鮮血與碎鐵礦石攪拌在一起，用以製造祭神的壁畫顏料後，如初忍不住衝動，跑過去破壞了那幅壁畫。

她當然沒能成功，傳承再度發力，將她推了出來。

即使回到樹上，被殘忍史實所激盪出來的憤怒依然絲毫不散，如初低頭看了看，忽地張開雙臂，縱身往下一躍。

水面溫柔地接住了她，如初才爬起來，就見到山長坐在樹底下休憩，無論位置或姿勢都跟之前一模一樣。很顯然，她在樹上艱辛度過的那些歲月，還不夠山長打個盹。

也許是那一幕幕血腥的過去太讓人震撼，眼前的寧靜祥和看上去好假。如初踮著腳無聲無息來到山長面前，湊近了看發現山長像在做夢，眼皮下的眼珠緩緩轉動，嘴角揚起，顯然是個令人愉悅的美夢……

如果，在這裡殺了山長，她是不是就能出去了？

這個念頭一出現，下一秒，如初便飛快扭頭，大步衝回樹上，站在樹枝上大口喘氣。

她已經對生命無感了？殺人對她來說，算不了什麼了？

話說回來，山長算人嗎？

不、不能朝這個方向想，不管是不是人類，終歸是一條生命。她不能、起碼不應該……

腦海裡爭論的聲音此起彼落，如初慢慢坐了下來，雙手環住膝蓋，將自己縮成一團。

蕭練？

寶寶？

你們在哪裡？

12. 世上沒有兩片完全相同的樹葉

起了殺人念頭的那天，如初一直抱住自己直到夜深。

恍恍惚惚地睡著，又恍恍惚惚地醒來之後，她走到樹的主幹旁，用拉鍊頭刻下一道橫，然後往上跳，找了一處平坦的樹枝，放開手腳好好睡了一覺。

隔天，太陽升起之後，她在那一道橫的中間位置畫下一豎，再隔天的早上，又是一橫。

「正」字開始在樹的主幹上累積，而如初開始了日出而作、日入而息的規律生活——刻完之後進葉片，尋找出路，學習技能。

後者其實不該是目標，但在漫長的歲月裡，如果不找點事情做做，會發瘋的。

山長在第三百六十五個正字後醒來，伸個懶腰後站在樹下對她喊話。如初彼時正從一個四千多年前冶銅礦場的過去場景裡走出來，本來不打算理會山長，但想了想還是跳到樹下，告訴山長說：「我會做石範了。」

那是最原始的鑄造模具，比陶範早了近千年。

山長用看怪物的眼神看著她，問：「妳一直進進出出這些過去？」

如初實話實說：「沒其他的事可以做。」

山長無言片刻，問：「妳還不打算放棄？」

「妳呢？不打算？」如初冷冷反問。

山長二話不說，盤腿坐下再度闔眼。

如初看著山長，心底忍不住升起了一絲嫉妒，但她旋即將這點情緒強壓了下去。

她是修復師，耐力是她唯一的自信，而忍受孤獨，是她刻在骨子裡的基因。

她還有想見的人在外面等她，她不會輸，也不能輸。

西元六二六年，青龍鎮。

黑夜，一條不起眼的麻繩在石橋的兩端拉起，高度恰恰好就在腳踝附近。

明月高懸在半空中，月亮雖然大到不像真的，卻也還是不夠亮，沒能照清楚這條麻繩。

馬蹄聲響起，押送犯人的軍士縱馬而來，被麻繩絆個正著，幾個裝了麵粉的麻布包從天而降，不偏不倚落在所有軍士頭頂上，霎時灰塵四濺，任誰都睜不開眼睛。

正當眾人滾在地上拍打吼叫時，一個人影迅速自附近的林子裡鑽了出來，推起運送嫌犯的板車就跑。動作嫻熟之餘還夾雜著幾分機械化，彷彿這套截囚車搶犯人的劇本她已演練過無數次，閉著眼睛也能做出來，明知不可爲而爲之。

一名軍士掙扎著站了起來，劫囚車的女子彷彿腦袋背後長了眼睛似地，看都不看一眼，彎腰撿起一柄軍官掉落的佩刀，轉身反手一刀，以刀背敲在剛爬起來的軍士頭上，力道拿捏得正好，既不傷人卻又穩狠準地一下便將人給敲暈。她隨即丟下刀，繼續推著板車，一路精準避開所有路面上的坑坑洞洞，推著板車順利鑽進河岸旁的樹叢內。

她停下車，喘了口氣，神色複雜地彎下腰，看向被鐵鍊五花大綁鎖在板車上的俊美青年，在心裡默數，一二三四、二二三四……

數到第十四秒，青年準時地眼皮微動，她麻木地開口，喚了一聲：「蕭練。」

青年睜開了眼睛，看向她的眼神卻恍若看一個純然的陌生人，緊接著，葉狀水幕於他們二人之間再度升起。

如初任憑那股推力將她推了出去，景物驟變，她仰起頭，看著眼前密密麻麻的「正」字一路往上延伸，刻滿了觸目所及的樹幹。

她已經在這棵樹上，度過整整十年了。

去到許多個過去，卻並未找到任何有用的線索，第一天所觸發的保險箱，像是新手的意外好運，只出現一次便再也不見蹤跡。其他的整整三千六百多個日子裡，她唯一的收穫便是學會許多技能，然而對於該如何出去，卻毫無頭緒。

這些都不可怕，最可怕的是，在所有的過去裡，她的存在都像是個幽靈。無法與人交流，只要稍一顯現，便會被立刻抹去，就像剛剛那樣。

她是不是早就已經死了？只剩一股執念，因爲不肯認輸，被困於此地？

如初蹲了下來，將臉埋進手掌裡，雙手沿著前額，十根指頭慢慢插進頭髮裡。

樹底下傳來山長宏亮有力的呼喚，語氣帶著明顯的愉悅。上次這個聲音出現，約莫在一年前，照山長的說法，她們倆現在的相對時間流速是一比三百六十五，取「人間一年，天上一天」之意。

她的苦苦掙扎，對方的一盞午茶，閒時來看看笑話，愉悅地等她崩潰。

十年過去了，那個對全世界抱持善意的應如初，死了。

她不好過，那就大家一起不好過吧。

判斷了一下聲音的來源，如初鬆開手，面無表情地站了起來，開始往下跳。

她的動作熟練，不一會兒便跳到了山長面前。山長看上去神清氣爽，見到她時嘴角彎了彎，照慣例問：「考慮清楚了沒——」

「沒」字被鎖在喉嚨裡，再也發不出聲音。因爲如初腳步一點都不停頓地直奔了過來，伸出十指對準山長的喉嚨，像練習過無數次般精準掐住，接著毫不猶豫便將山長的頭往水裡壓。

十年來，她學到的可不只是修復而已，還有各種知識與技能，其中，當然包括殺戮。

山長不是沒與人相爭過，但如此野蠻粗暴的手法，卻從來沒遇到過，猝不及防下整個人都被壓進水中。但她很快便反應過來，閉著眼轉身雙臂張開，猛地發力往前一抱，將如初也扯下水。

兩人在清澈的水裡頭面對面，山長驚恐地發現，無論她如何撕打拉扯、扭動掙扎，如初鎖住她喉嚨的力道沒變過，表情也沒變過，一雙黑沉沉的瞳孔裡反射不出半點光芒，就這麼直直地朝她看來，裡頭沒有恨也沒有愛，只充斥著無與倫比的專注，狠狠抓著她持續往水底深處下沉。

有那麼一瞬間，山長忍不住懷疑，她是不是做過頭了？終於將下一任的山長候選人給逼瘋了？

那可不行，她還指望著靠應如初離開傳承呢！

她們扭打好一陣子，始終都只能在水面下不遠處，無法更深入沉下去。再過一會兒，如初的眼睛眨了眨，瞳孔裡慢慢閃動出一點失望，接著果斷地放開手，讓身體自然而然浮了上去。

等山長浮回水面，長長換了口氣時，如初已盤腿坐在樹根下。她渾身水淋淋的，臉上脖子上一道道傷口鮮血淋漓，伴隨著水珠一起滾落，看起來分外猙獰，然而面容卻很平靜。

她鬆開髮辮抖了抖水，對山長點了下頭，這才開口說：「早。」

態度若無其事，然而方才在水底，明明帶著無盡殺意。

山長不自覺抖了抖，在水裡游遠了些才爬上岸，視線還不敢離開如初，深怕她趁其不備又襲擊。

如初隨山長看了片刻，這才抬起頭，說：「問妳件事？」

「嗯？」

山長還沒反應過來，如初便又開口說：「崔氏的禁制是妳教的，妳之所以會是因爲子初學過，沒錯吧？」

山長眼珠子轉了轉才點頭，如初也不細究，再問：「那子初當年是怎麼學會禁制的？」

「傳承裡學的唄。」山長做出不在意的模樣這麼說。

如初盯著她，若有所思：「妳不知道。」

山長頓時閉上嘴，如初自顧自又說：「妳不知道的事情太多了，讓我猜，妳在傳承裡根本沒過太久，百年？不對，搞不好還不到五十年，難怪什麼都不清楚，就急著要出去——」

「我清醒的時間是不久，但還輪不到妳來說。」山長不耐煩地打斷如初。

如初眨了眨眼睛，又說：「我還有一個猜測，傳承其實可以將妳拒之門外，但最後還是接納了妳進來。」她搖搖頭，惋惜地說：「無論是誰的決定，一定早就後悔了。」

如初的語調很是諷刺，山長心頭一陣火起，嘴角卻泛起一股冰冷的笑意，回答說：「不得不，子初沒了我就是個廢物，撐不了太久。」

如初呵了一聲，立刻反擊：「妳沒了她就是個普通人，丟在人群裡根本看不見，妳爹不會培養妳，姜尋更不會注意到妳。」

如初講完，滿意地看到山長變了臉色。

過去十年，她也學會了講起話來如何往人心上戳刀子，對上山長那更是一戳一個準，爲了報復。

只不過，這麼循環下來，她也越來越討厭自己了。

如初躺了下來，對著藍天發呆。

山長臉色陰晴不定片刻，才開口問：「妳剛剛眞心想殺了我？」

「對啊。」如初翻個身，有點好笑：「很難理解嗎？」

山長額角上的青筋一跳一跳：「妳寧可魚死網破也不要跟我合作？」

「妳想太多。」如初隨口敷衍：「我只是想試試看妳在這裡會不會死掉而已。」

她說完便跳了起來，拍掉手上灰塵準備上樹，山長一驚，匆匆上前幾步，扯著她的手臂問：

「到底妳要怎麼樣才肯合作？」

「我看起來像喜歡討價還價的樣子嗎？」如初回給她一個大大的、帶著瘋狂的笑容。

「爲什麼……」山長一咬牙，問出了問題：「跟我合作，比死還糟？」

乍聽到這個問題，如初有一瞬間恍惚。

是啊，爲什麼不合作？好多次她都已經決定放棄生命了，堅持下去的意義在哪裡？

爲了寶寶？

但即便她能活著出去，也未必能活著生下寶寶。

爲了蕭練？

但即使沒有山長搞這一齣，她也做好了跟他分離的準備。

爲了爸爸媽媽？

但他們會忍心看到她吃這麼多苦，會喜歡看到她現在這付人不人鬼不鬼的模樣？

雖然想不出答案，但如初依然不客氣地甩開山長，回到樹上。

濕淋淋的衣服黏在皮膚上很難過，泡過水卻沒處裡的傷口開始發炎腫脹，連帶身體都開始發熱。這些干擾，只要進入過去，再退出來，便可得到重置，煥然一新，但如初今天不想要。

不是所有創傷，都需要被治療。

她走到一根大樹枝的末端坐下，雙手抱住膝蓋，抬起無神的雙眼，看向天際。

從日出等到日落，再等到璀璨的銀河掛滿夜空。等到整個人都搖搖欲墜了，卻始終沒聽見想聽到的聲音。

她再也沒聽到過寶寶的心跳聲了。

當金烏再次升上天空時，如初搖搖晃晃地站起來，重心一個不穩，栽進了身旁的一片葉子裡去。

一進去如初就知道，她又回到剛才進去過的青龍鎮。

過去十年，她進入過這個時空無數次，原本想從崔氏製作禁制的手法裡找線索，但直到自己做禁制的手法比崔氏熟練萬倍，也沒能找出任何線索。後來她又因爲看不下蕭練的慘狀，而開始攻擊軍士，等發現搶走囚車並不會立刻被推出去之後，如初開始樂此不疲地、或者說自虐般地，一次又一次搶走囚車，一次又一次等待蕭練張開雙眼，一次又一次從他的瞳孔裡，看到自己的影像。

他不會記得，歷史不會改變，明知如此，她仍珍惜那一刻，他看見她的瞬間。

不過今天晚上，應如初不想見蕭練，她不想見任何人。

如初沿著河，走進一間客棧，避開所有人推開了一個空房間。這是她在過去十年找出來的休息辦法，運氣好沒人進來的話，可以擁有一整晚的安眠。但顯然今晚不能夠，她躺在床上睜著雙眼看天花板，想著倘若無法離開傳承，該如何結束這永無止境的生命。

從黑夜想到天明，心情灰暗到了極點，等院子裡公雞開始打鳴之際，整個場景漸漸霧化，如初眼前只剩躺著的床，以及床前熟悉的葉片形水幕。她長長吐出一口氣，認命地站起身，在白霧靠攏前跨過葉片，回到樹枝上。

是的，每一個過去場景裡所包含的時間與空間都有限，即使沒人發現她，她也不被允許在裡面待太久。

太陽緩緩升起，得到重置的身體乾淨清潔如新。但如初卻感覺累壞了，想再睡一覺，最好永遠不會醒來。她轉身又進入這片葉子裡，沿著上次走過的路線回到同一個客棧房間，熟料剛跨進門，便看到奇怪的事情——

之前睡過的床上，毯子亂糟糟地捲成一團，跟她離去前一模一樣。

她明明記得上次進房間的時候，毯子疊得整整齊齊，就擱在床沿。

過去不是不能被改變的嗎？還是她記錯了？

如初走出門，在櫃檯旁隨手拿起一個瓷瓶，轉身便朝某個正在掌摑侍女的男人頭上敲了下去。她看這傢伙不順眼很久了，而正好，急著要離開某個時空時，暴力最快。

水幕門出現，她走出去又立刻回來，匆匆進入酒店房間，看到床上的毯子依然亂成一團……

如初盯著這條毯子片刻，最後決定躺了上去，繼續睡覺。

十年掙扎教會她一件事——記憶不可信賴，無論身在何方。

這次的睡眠品質不錯，醒來後，她刻意將毯子折得整整齊齊，擺在枕頭旁邊，這才離開。

前腳踏出去，後腳轉身接著回來，緊接著，如初就看到那條毯子被放在枕頭邊，跟她離開時一模一樣。

而在上上次，她百分之一百二十確定，毯子是亂的……

接下來幾天，如初跟這條毯子槓上了，實驗多次後她可以確定，只要在床上過完一整夜，然後將毯子留在床上，那麼毯子無論是疊好的還是扭成一團的，都不會被重置。

換句話說，眞實的歷史洪流裡，容許她弄亂一條毯子……

這是什麼道理？如初想不通，她決定另闢蹊徑。於是在下一次進入這個時空時，她沒進客棧，卻從暗巷跑到了市集附近，偷偷摸摸地縮在街角的牆邊張望片刻，趁著四下無人，小吃攤老闆短暫離開之際，跑到攤前摸起一塊剛出爐的胡餅，一口咬了下去。

羊肉的芳香剛在唇齒之間散開，水幕便在她面前升起，無形的手將她推了出去。如初轉身再回來，沿著同樣路線，看到之前偷吃過的胡餅好端端地擺在原位，她存在過的痕跡被抹去了。

可以弄亂毯子，卻不能偷吃東西，這什麼邏輯？

如初不死心，重複偷了兩三次餅，每次都被推出去，再回來時餅已歸位。到了第四次，她進入後迅速躲起來，安安靜靜盯著那個小吃攤。

約莫十多分鐘後，那塊胡餅被閒逛的有錢公子買下，咬了兩口嫌難吃，扔在地上。幾個乞兒衝上去搶奪，其中一個最小的乞兒動作最快，搶到了餅卻被推倒在地，其他人只顧著爭搶，沒注意到小乞兒倒下時頭部撞到了路旁一塊尖石，血花慢慢暈染在地面，等餅被瓜分完畢，小乞兒的身體也停止了抽搐……

朱門酒肉臭，路有餓死骨，莫過於此。

但如初躲在暗處，看著那個逝去的小生命，眼睛一點一點亮了起來，像飢餓已久的野狼，終於看到獵物。

看過太多生離死別，她早已明白自己無法拯救任何人，但在這個片段裡，如初看懂了一件事。

如果她偷了餅，導致公子沒買餅，小乞兒便不會在這個場景裡死亡。這個餅間接牽連到了一條人命，因此不容改變，但顯然毯子沒有。

只要不改變人的命運，過去，可以容許細微的差異。

她潛入水底無數次，看到大部分的葉面閃過的都是一片空白，未來，尚未定案。

她能不能利用過去無數次不牽涉到他人命運的差異，改變自己的未來？

或者應該問，她是否「已經」利用過去，改變了自己的未來？

線索有了，卻還太過模糊。於是，接下來的日子，如初只進出這段過去，像個調皮鬼般各處破壞。弄亂毯子、摘花、偷東西……

有些時候動作很大卻完全沒事，比方說丟掉整桶洗好的菜葉，也有些時候即使走在路上踢開了一塊小石子，下一秒便立即被送出去。

一次又一次嘗試、失敗、再嘗試。最後的結論是，歷史上的蝴蝶效應太大，沒有規律可言，純靠實踐。

但、如果未來的她眞的出去了，線索一定會藏在這些不同的過去片段裡。

想通這一點之後，如初益發頻繁進出葉片。

尋尋覓覓，幾十年過去了。

日升日落，她的外表毫無變化，然而一顆心逐漸滄桑，面容變得沉靜，眼神冷而硬，再多的死亡與不幸，都無法令她動容。

還能撐多久？

如初不知道，她只知道她要出去。

「妳在哪裡？」

樹下忽然傳來略顯驚惶的聲音，如初往下看，見山長仰著頭，目光在濃密的枝葉裡穿梭搜尋。

如初翻身跳了下去。山長看到她明顯鬆了口氣，但嘴上依舊不饒人，諷刺地說：「我還以爲妳找到方法去死了。」

不、她其實找到了活下去的理由。

見如初不接話，山長皺了皺眉，又說：「受不了就說一聲，別逞強。」

「嗯。」

修復師的養成，本來就是從一遍又一遍、重複千百萬遍而來。現在的過程，她不會受不了，只是……

如初看著山長，忽地問：「子初是個什麼樣的人？」

她在本源之樹上待了超過五十年，去到過各個時空場景，卻還沒找到機會一遇這位宵練劍的鑄造者。

總感覺，她像一個謎。

山長聳聳肩，說：「『初』這個字，左衣右刀，舉刀裁布是做衣服的第一道工序，稱之爲初……子初是我爹爹給『她』取的字。」

「妳爸一開始就知道妳們的狀況？」如初愣了一下。

「當然。我娘懷我的時候是雙胞胎，後來不知怎的，其中一個消失了，只有我生出來，再後來子初出現，爹爹跟娘都相信，我們是雙魂一體。至於她是個什麼樣的人……」山長頓了頓，似乎想起什麼不愉快的往事，沉下臉：「總之跟我完全不同。」

腦中有個想法一閃而逝，如初再問：「那她跟宵練劍像不像？」

「這個嗎……」山長像是想起什麼有趣的往事，回憶片刻後才說：「也像、也不像。」

「哪裡像、哪裡不像？」如初追問。

「型制像。」山長毫不猶豫地回答：「宵練劍大體來說型制挺規矩的，小地方有些突破，別說，這還眞像子初，大處守得死緊，只有面對細節才肯靈活變通，至於不像的地方嗎……」

山長忽地打住，臉上浮現一抹怪異神色，才接著說：「不像的地方可能也不是子初想要的。那柄劍從開始鍛造劍胚起就不停出事，明明離開前放好的工具隔天再來看，就移了個位置，負責打掃的僕傭直說有鬼，後來根本不肯跨進劍廬……」

山長說到一半，如初已經反應過來——鬼是沒有的，但有沒有可能是她進去了，在宵練劍鑄造過程中橫插一手？

無論如何，都千萬不能讓山長看出端倪，過去這些年她跟山長的關係表面上漸趨和緩，但骨子裡卻越繃越緊，兩人互相提防著對方，隨時準備破釜沉舟，做出最後一擊。

她強壓住內心的激動，伸了個懶腰後不在意地問：「所以不像的地方在哪裡？沒人幫忙掃地了你們後來只能自己動手？」

「紋飾啊。」山長瞪著她：「妳看過哪柄劍出爐後完全沒有花紋的？這要如何彰顯身分？若非阿爹堅持，我早要子初把這柄劍送回爐裡重造！」

「這麼不喜歡宵練劍的外型，妳還不是以血釁金，幫他開鋒了。」如初一副就是想要吵贏的表情。

山長哼了一聲，帶著得意說：「造型再古怪也是神兵利器，更何況，開鋒是子初怎麼樣也沒膽子做的事，我不做，又能有誰來做？」

如初做出海豹鼓掌：「捨我其誰，厲害。」

在心裡，她暗暗點頭。果然，當年對上封狼時，教她開鋒的也是山長，子初從來沒教過她什麼。大約，她用完最後一絲力氣見過姜尋，便消逝得無影無蹤了。

姜尋這個名字如初已經好久沒想起來了，掠過腦海時總有那麼一點異樣感覺，她在傳承裡待太久了，待到快把外面的世界給忘光了。

不過這點感傷一閃即逝。跟山長聊完後如初回到樹上，一路狂奔至銀行庫房的那個時空。她抓著保險箱瘋狂搖晃，青銅葉片在箱子裡發出匡噹匡噹聲響，緊接著，警衛持槍進入，如初毫不意外地被踢了出來。

回到傳承，她背倚著樹幹上鋪天蓋地的「正」字，陷入沉思。

上下求索許多年，她弄清了許多事的前因後果，也看透了許多化形者的來龍去脈，但幾個關係到傳承、以及她自己最重要的問題，如初始終沒找到答案——

首先，無論怎麼往上爬，依舊見不到本源之樹的頂端。

她曾經去到史前人類居住的洞穴，確認那裡的人絕無可能製造出傳承這樣的地方。出來之後站在雲霧繚繞的樹梢，不得不懷疑，也許傳承來自另一個文明，一個早已被時間所淹沒、卻奮力留下最後一絲痕跡的文明？

再來，她再也沒找出第二片青銅葉，能夠帶人離開傳承，進入現實世界。

所以為什麼專屬於她的那片可以？

這個問題引發了另一個問題，那就是，她的青銅葉，究竟通往哪一段過去？

可以確定，在四方市無意中翻閱到的那本筆記，並非她得到傳承的關鍵，卻更像是喚醒沉睡的記憶。

應該在更小的時候，她就進入過傳承，只因爲某種原因，又復忘記。

如初始終以爲這是兩個分開的問題，但跟山長聊過之後，她忽然意識到，也許她所遺忘的過去，跟青銅葉能離開傳承的理由，有著密不可分的關係？

今天的風很輕，陽光自層層葉片中灑落，照到她身上時已經減少了許多熱度，暖洋洋地讓人相當舒服。如初瞇起眼，仰頭看向上，無數金黃色葉子在頭頂搖晃，閃爍著光芒……

「世上沒有兩片完全相同的樹葉。」

腦子裡不期然冒出這一句話，如初不自覺坐直了身體，視線跟著思緒，在周遭的葉子輪轉。

大自然讓每片葉子都成爲獨一無二的存在，而在傳承裡，每位傳承者也都是獨一無二的存在。即使同一事件啓發了不同的人得到傳承，這兩人總會因爲些許細微的差異，讓他們眼中所看到的過去有所不同，得到傳承的時間順序也不相同，因此也就有了兩段略有差異的時空，跟兩片截然不同的樹葉。

但是，如果、如果眞那麼巧，同一段歷史，引領了兩名傳承者，在同一時間同一地點，共同開啓了傳承，那就會產生兩份不同的合約，卻通往一模一樣的時空。

而兩片完全相同的樹葉，理所當然，只能有一片留在樹上。

不屬於山長的那一片，理所當然，需要離開。

想到這裡，如初整個人都在輕微地發抖，她仰起頭，看向更高處。

子初是在打造宵練劍時獲得傳承的嗎？

而她自己，會不會在小時候誤闖進子初鑄劍的時空，跟著她一起……得到了傳承？

那段過去，會不會藏著能夠讓她離開傳承的契機？

在哪裡，得把它找出來！

如初倏地站起身，開始往上飛奔。

13. 此時、此刻，兩心同

現實世界，如初公寓樓下。

刑名穿了一身不起眼的襯衫長褲，一手緊握住一只大旅行箱，低眉順眼地站在街角不遠處。

夏鼎鼎懷著重重心事拉開門，走出來時一眼便瞧見刑名。她沉下臉，快步走過去，沒好氣地低聲問：「妳來幹麼？」

「姐，應如初已經快撐不下去了，對不對？」刑名抓住夏鼎鼎的手急問。

「……妳監視我們？」夏鼎鼎大怒後迅速冷靜，一邊甩開刑名的手，一邊說：「跟妳無關。」

然而刑名抓得更牢了，她舔了舔嘴脣，又說：「人是肯定沒救了。姐，如果說，我有辦法，幫忙保住那個孩子呢？」

夏鼎鼎只愣了片刻，便加大力氣甩開刑名的手，說：「現在講什麼都沒用，我信不過妳。」

刑名神色複雜地看了她一眼，彎下腰，將旅行箱拉至半開。

點點金光從縫隙裡散逸出來，一瓶又一瓶的金砂堆疊在箱內，每瓶都裝到將近全滿。

她對上夏鼎鼎驚訝又充滿戒備的眼神，跨前一步說：「姐，妳也別自欺欺人了。我知道應如初已經沒法吸收金砂了，可是，寶寶可以，妳知道的。」

她的確起過這個念頭，但迅速便抹去了。夏鼎鼎退後半步，搖頭：「不行。」

「你們在想什麼，現在剖腹，完全來得及啊！」刑名不由自主提高了聲音，隨即又立刻壓低，緊張地說：「就算是應如初本人，要她做選擇，兩個一起死跟提早結束她的生命幫小孩存活，她肯定選孩子！」

「我知道、我都知道……」夏鼎鼎搖頭，放緩了語氣說：「就是不行。」

刑名身體搖了搖，將行李箱推上前，黯然說：「我本來以爲，這些金砂，總該派上點用場。」

她拉過夏鼎鼎的手，放在箱桿上，又說：「還是給妳吧，我留著也沒意義了……」

傳承之中，尋覓尋覓又十年後，如初在一大欉樹葉裡，發現了兩片半透明泛黃的葉片，根莖相連，緊緊挨在一起。

附近葉片裡的時空她都進去看過了，只有這兩片葉子被其他葉片遮得十分嚴密，不管從哪個方向經過統統看不到，直到方才一個失足猛跌了下來，才看到這兩片葉子。

第一眼，她就知道，找到了。

但也許因為找太久了，她不覺欣喜，只感到虛脫。

找到了又怎麼樣呢？難不成她還能把這兩片葉子拔下來，再把屬於自己的青銅葉從保險箱裡取出來安上去？

……等等，兩片？

如初跨前一步，確定自己沒看錯，眼前的確有兩片枯黃而且搖搖欲墜的葉子，在風中簌簌抖動。

其中一片的脈理形狀，跟印象中她拿在手中把玩過多次的青銅葉非常相似，如初猶豫了一下，轉向另一片。

她一腳踏入葉片內，下一秒，眼前的景象卻跟預期截然不同。

周圍全是比她人還高的茅草，旁邊重山環繞，從地勢判斷，她在一座山的半山腰上。左手邊前方不遠處，有個熱火朝天的工地現場，二三十名壯漢擠在一塊不算大的空地上，一半人手上握有鎚子榔頭丁字鎬等工具，另一半人則忙著搬運或移動物品，不時發出響亮的么喝聲，像是正同心協力完成一件工程。

如初彎著腰前進了一小段路，尋到一個更容易觀察卻不容易被發現的地點，蹲下來從茅草的縫隙間窺視。左前方這群人顯然在蓋房子，目測估計地基已經建好，但梁柱尚未立起，中間有名青年貌似領袖，正指揮幾個壯漢移動一塊碩大的柱頂石，要將基石推到預定位置，旁邊還有人用大鍋攪拌砂漿。

就她對古代建築的了解，這些砂漿可以用作製造磚塊，一邊架梁一邊做磚，表示蓋屋的時程很趕，只要梁柱一架設完畢，立刻就可以砌夯土牆。

青年的臉型有點眼熟，如初看了一會兒才認出來，原來他就是山長與子初的父親。

所以……他正在蓋劍廬？

理當如此，但如初總感覺有哪裡不太對，她縮在茅草裡觀察了好一會兒，赫然站起身，不顧他人的目光，逕自往地基衝了過去。

一路奔到地基最遠處的角落，只見那裡有一小塊挖好的窪地，底部還用塗了桐油的細密布料鋪得嚴嚴整整，如果疊上一層鵝卵石，然後用砂漿填補好空隙，就可以自屋外引山泉注入，成爲鍛劍用的劍池。

這裡眞的是劍廬？

這個問題才晃過腦海，她整個人便被推了出去。回到樹幹上，如初站在兩片葉子前面思索片刻，這才抬起腳，走向另一片葉子。

一腳跨進去的當下，看著周圍一模一樣的茅草以及遠方一模一樣的山脈，如初差點以爲自己走錯了，又回到之前那片葉子裡。但她馬上意識到自己並未走錯，因爲在她左手邊斜上方，之前地基所在地的半山腰處，如今只殘存一片空地，上頭零星散落著被綠鏽侵蝕的工具。

出於一種莫名的直覺，如初視線轉向右下方，在不遠處的一片小樹林內，她看到房門半開的劍廬，以及站在門外的古裝蕭練。

腦筋一片空白，身體卻先動了，如初像發瘋了似地衝向劍廬，經過古裝蕭練時腳步頓了頓，伸出手摸了摸他的臉，接著毫不猶豫地衝了進去。

屋裡火燒得正旺，卻空無一人。一根純黑色的劍條就擱在火爐上，劍柄與劍身上都刻有紋飾，型制卻跟她印象裡的宵練劍一般無二。

嘎吱一聲，門被打開。如初正準備好被推離這個時空，卻見穿著一身粗衣、用麻布條繫緊袖口的少女山長像看不見她似地走了過來，嘴裡嘟囔著門怎麼開了條縫，接著一手拿起劍條，一手舉起槌子，開始鍛劍。

如初茫然伸出手，然後看到自己的手穿過了少女的肩頭，彷彿這隻手只是個幻影。

這種事從來沒發生過，如初不信邪，又往前撈了一把，這次沒站穩，整個身體直接穿過少女，撲向火爐。

從火爐中站起身的時候，如初整個人都是懵的，她感受不到火焰的熱度，摸不到任何事物……

不對，她剛剛明明摸到了蕭練！

急急忙忙衝出門外，還沒顧得上再次碰觸蕭練，如初忽然發現，室內鍛劍所騰起的煙，正一絲一縷流向他。而如果仔細看，這個「蕭練」除了臉，其他部位都有一點透明，如初伸出手想牽蕭練的手，卻撲了個空，她的手穿過他的手，伸向天際……

是了，在這個時間點上，連宵練劍都還沒被鑄出來，離蕭練真正化形成人還有許多年，這個「他」，的確只能夠、也只該是個幻影。

想清楚這一點，如初不自覺退了兩步。她本來只想拉開自己跟「蕭練」的距離，一個沒注意直接穿牆，倒退著進入了劍廬。

少女山長還在一心一意鍛劍，如初繞著屋子走了兩圈，總感覺缺了什麼。她反反覆覆東看西看，最後才想起來，那塊繪有壁畫的陶磚不見了。

但這不可能啊，明明在開始鑄造宵練劍之前，那塊磚便已經鑲到火爐上了，她還在傳承裡看到過！

一個想法在腦海裡呼之欲出，但又跟現在的情況相牴觸。如初無比困惑地環顧四周——如果她小時候真的進來過，如果跟現在一樣，除了「蕭練」之外什麼都碰不到，她又能做什麼？

她小時候、她小時候……

吉光片羽般地的記憶碎片自腦海深處浮起，一名穿著幼稚園制服的小女孩，仰起頭好奇地看了「蕭綀」一眼，接著小心翼翼地推開劍廬的柴門，她走路不太穩，像隻小鴨子般一擺一擺地踏進屋內……

如初還記得那套藍白條紋顏色粉嫩的制服，那是小時候的她，而剛剛，子初抱怨門怎麼開了……

直到場景開始霧化，將她給推了出去時，如初依然怔怔地站在原地不動。

她懂了。現在、過去、未來，理當形成一個閉環，但這個環目前為止還殘缺不全，她得想辦法補起來。

首先，需要搞清楚，如今的她身處環內的哪一個時間點上？

看著眼前並生的兩片樹葉，如初握緊了拳頭，毫不猶豫地又踏了進去。

她知道該怎麼做了。

從找到這兩片葉子起，如初便放棄了在樹幹上刻「正」字，只專心穿梭在兩段過往的時空之間。

今天特別熱，她探頭看了看天空，赫然發現金烏離開了太陽內部，站在日晷上翩翩起舞。這景象她從沒見過，忍不住多看了兩眼，然後才彎腰鑽進樹枝叢裡，熟練地跳進正在蓋劍廬的那段過去之中。

進出千萬次之後，如初發現，在這個時空場域裡忙碌的，並非只有地基上的工人。在她右下方不遠處，十來名壯漢分成兩組，一組在前面拉，一組在後面推，共同拱著一輛小板車往地基前進。

車子裡頭只裝了一顆人頭大小的隕星，隱隱閃爍著光芒。隕星雖然不大，但顯然極重，壯漢個個拉得面目猙獰，一副吃奶的力氣都使出來似地。眼看著就快拉到預定蓋劍廬的地基處了，隊伍裡有人一腳踩滑，整個人跌坐在地，連帶後面幾名壯漢跟著摔成一團。車身頓時傾斜，隕星咕嘟咕嘟滾了出來，最後停在一個略爲平坦的小樹林內。

這個橋段如初看過無數遍，雖然無法得知中間過程，但從結局判斷，很顯然，因爲搬不動那顆隕星，後來只能將小樹林剷平，重新起地基，建構出最早的劍廬。而之前的劍廬預定地，在風吹雨打多年後，崩坍成一處廢墟。

以上，是既定的歷史，不容改變，但在此時此刻，某些枝微末節處，卻跟後來的歷史對不上。

如初默默地在心裡數一二三四、二二三四……數到第十遍，滿臉皺紋的大巫走了出來，大發雷霆，十多名壯漢聚集到大巫面前，垂首恭謹聆聽。

雖然明顯無人注意到她，但如初維持同一個姿勢，一動也不動。這個時空特別敏感，只要被一人被看見，或甚至只是有人注意到一點風吹草動，她就會立刻被送出去，因此需要非常小心。

當大巫舉起拐杖時，如初動了，她一邊繼續在口中數數，保持計時，一邊彎著腰橫向移動。左上方的工人也陸續從劍廬預定地裡走出來，朝大巫的方向前進，最後一個出來的是山長的父親，他跟其他人不一樣，舉起腳便逕自朝小樹林裡的隕星前進。

如初停止計數，盯著他開始算步伐——一步、兩步、三步……八步，到！

她站起身，飛奔繞到空無一人的地基旁，搬開一塊藏在磚瓦堆裡的陶磚，再從陶磚底下摸出一隻炭筆，然後迅速溜回原來藏身的草叢。

每次能作畫的時間非常短，基本上只能匆匆畫上兩筆，便需要將磚與筆藏回去，而且只要一被人發現，便前功盡棄。但只要不被人看見，上次畫的壁畫便會留下來，像是一個證明，證明她來過，一如客棧裡的那條棉被。

剛開始的前幾年，如初在接近完成與從頭來過之間反覆循環，總在接近完成之際冒出個意外，然後一切回到原點，所有努力統統歸零。

無窮無止境的失敗把如初搞得幾乎要發瘋，但她後來想通了——這塊石磚上的壁畫，將化作三劍上的圖騰。

這是事實，山長見證過，因此理論上來說，她正在做的事，她已經做到了，時間問題而已。而她最不缺的，便是時間。

心平氣和後才發現，她根本搞錯了因果關係。這幅畫已經存在了，她要做的應該是修復，而非創作！

因此如初改變了流程，她從其他劍廬的場景上找出原畫，再將修復壁畫的工序倒過來，一筆一筆地在磚上作畫。

去年此時，她自認已經完成陶磚上的畫，但每一次重新回來，總能再找到幾處不足。修修補補一整年，心態上不知不覺開始變平和，不求盡善盡美，但求盡力而爲。

她補好貓頭鷹眼睛裡的顏色之後，輕手輕腳地將磚藏了回去，再隨意撥弄一下茅草，製造出聲音。大巫警惕地一抬眼，下一秒，如初便被推離這個時空，回到原本所在的枝椏。

太陽還掛在天空，金烏已經沒入日心當中。如初習慣性地轉身，一腳踏進另一片半透明的葉子當中，下一秒，又被茅草環繞。

這條路她走過千百萬次，今天，也許是被會跳舞的金烏影響，又或許因爲已經放開了，生死成敗都無妨，如初走著走著，竟不自覺閉上雙眼，往前狂奔了起來。

就這麼跑著跑著，忽然間，腳被什麼硬物絆了一下。如初一個踉蹌，睜開眼睛，就看到自己正好撲在蕭練身上。

不、不是蕭練。只是在宵練劍鑄造的過程中，短暫化出的一具軀殼而已。

但為什麼，她忽然能碰到完整的他了？

過了這麼多年，這還是第一次，如初能夠觸碰到蕭練的身體。她忍不住紅了眼眶，緊緊抱住他，輕聲說：「這應該才是我第一次遇見你。」

就時間線來說，的確如此。

蕭練沒有回應，如初卻也沒被推出這個時空——也對，擁抱一具無知無覺的軀殼，當然不會改變任何歷史。

儘管如此，如初還是貪戀地抱著蕭練好一會兒，才依依不捨地鬆開手，走進劍廬。

在所有過去的時空裡，此地最為特殊，她就像個幽魂，什麼都做不了。如初走到火爐前，看著劍柄上刻滿紋飾的宵練劍，嘆了口氣。隨口朝蕭練說：「這根本就不是你啊。」

蕭練曾經說過，他喜歡自己現在的模樣。當然他指的並非他俊美的人形，而是無紋無飾的本體宵練劍，而她還取笑過他太自戀。

當然，那個「曾經」，相對於她現在所身處的時空，是非常久之後的未來。

等等……

如初狐疑地看看蕭練，又回頭盯住宵練劍。印象裡，有誰告訴過她，古物化形成人之後的模樣，會深深受到鑄造者初心的影響？

她在這裡盤旋那麼久，本來聽了山長對子初的評價，認定宵練劍的紋飾是在別的時空才被其他鑄造師去掉。但對不上，如果宵練劍在出世之際就有紋飾，後來才被抹除，那麼站在門外的那具軀殼，就不應該跟未來真正化形成人的蕭練，長相一模一樣……

一個想法閃電般擊中了如初，她猛回頭，盯著站在門邊的蕭練，結結巴巴地問：「如果我能夠，如果你可以自己做決定，你會喜歡、你會希望……」

變成什麼樣子？

問到一半，如初便猛然意識到，她在宵練劍即將出世的時空，以修復師的身分，問她的劍、她的伴侶，想要變成什麼模樣？

一種奇妙的觸動在如初心底升起，彷彿冥冥中跟誰取得了聯繫。

砰砰。

心跳聲，再次自天外響起。

如初不可思議地抬頭看了一眼聲音的方向，接著大步朝火爐奔去。

用盡全力，伸出手，這一次，她終於能夠握住劍柄。

她彷彿從幽魂頓時變成人身，身邊的一切都鮮活了起來，火焰熱度撲面而來，瞬間將她的衣袖燒焦了一塊，但如初顧不得了。她抓起爐旁的槌子，猛力敲下，劍條上的紋飾頓時消失了一小部分，接著第三槌、第四槌……

在如初忙碌的同時，火爐下方，一塊赭紅色的陶磚上，壁畫一點點浮現。

而腳步聲，也自劍廬門外響起。

現實世界裡，病人心率監測儀上的心電圖，波形明顯開始趨緩。蕭練緊握住如初的手，將頭靠在她被灑滿金砂的手上。

難得一次，她的手比他還冰涼。

承影抓著一瓶金砂匆匆走進病房，他打開瓶蓋，正要將金砂再撒下，蕭練伸出手橫過來，制止了他。

「從昨晚起，她就……沒能再吸收了。」蕭練啞著聲音說。

承影的手在空中停留片刻，收回金砂瓶，低聲說：「刑名在樓下。」

「滾。」蕭練的頭始終抵著如初的手，不肯抬起來。

承影遲疑片刻，問：「眞的，不考慮救救寶寶？」

蕭練不再發出聲音，承影走出病房，對夏鼎鼎搖頭。

幾乎在同時，滴地一聲，心電圖上的曲線驟然變平坦，波動微弱到幾乎看不出來。

刑名披頭散髮衝上三樓，趁承影與夏鼎鼎沒反應過來，狠狠撞開了病房房門。

她七竅流下金黃色血液，還沒落地就變成千百條小金蛇，共同朝病床衝了過去。

宵練劍陣於瞬間出現，護在病床周圍，剿殺所有往前衝的金蛇。蕭練身處劍陣中央，依然動也不動地握住如初的手，病房外，承影抽出長劍，直指刑名，她腳下的地板頓時碎裂開來。

下一瞬間，所有人與物全部停止了動作，緊接著，空間突然出現奇異的波動，一柄青銅巨斧突兀地出現在門外，破開病房的玻璃窗，直直朝如初砍了過來。

同一時間，心電圖長鳴，化成一條直線，而蕭練想都沒想便翻身抱住如初，以身爲盾，任憑巨斧朝他砍下。

傳承內，如初舉起紋飾完全消失的宵練劍，輕輕一揮，飄起的髮絲碰到劍刃，立即斷成兩截。

還沒開鋒就那麼利了，眞……不愧是他。

帶著濃濃的思念，如初輕撫著剛出爐的宵練劍劍刃。一個不留神，竟在指腹上拉開一個傷口，血滴落下，劍身隨即散發出淡青色光芒。

下一刹那，門外的蕭練忽地睜開了眼睛。

淡青色小火焰在黑色的瞳孔裡跳動著，無與倫比的美麗。
彷彿心有所感，如初轉過頭，凝視著蕭練。
好想，見到你。

——此時、此刻，兩心同。

14. 遺憾與奇蹟

上一秒，如初還站在劍廬握著宵練劍，下一秒，刺目的白光在眼前爆炸般亮起，她反射性地閉上雙眼，全身上下只感覺到一個字：痛。

頭痛、腳痛、無處不痛。

砰地一聲巨響，她睜開眼，只見金粉與玻璃碎片撲天蓋地砸下，蕭練將她護在了懷裡，而一柄青銅色的大斧頭，正朝他劈下來。

腦筋一片空白，如初的瞳孔閃過一道青色火焰，蕭練頓時消失，而她又握住了宵練劍。如初想都沒想便舉起劍，迎向巨斧。

砰砰。

彷彿有另一股力量，來自身體內部，與她手中的劍合而爲一。修長的劍夾裹著龐大劍氣，一劍掀飛了巨斧。劍勢順著劍尖所指發出，狠狠斬向刑名，後者雙眼睜得滾圓，半張開嘴緩緩倒下，還沒落地便失去了人形，化做一個大鼎滾落在地板上。

然而如初並沒有看到這一幕。她喘著氣握緊劍，在昏迷之前，腦子裡只剩下一個念頭。

「寶寶？」她掙扎著在心裡問。

沒有回應，懷著所有不甘，如初無力地闔上眼簾，再度陷入黑暗之中。

「還能活到現在，算是奇蹟了。」黑暗中，她聽見有人這麼說。

「心跳太慢，體溫也過低，你們要有心理準備，她剛剛的清醒可能只是迴光返照……」同樣的聲音繼續開口。

她？是在說自己嗎？

如初努力想睜開眼皮，卻徒勞無功。

不、不要放棄我……

「她會活下去。」

這個聲音她耳熟，啊，是蕭練！

另一個聲音敷衍著說了幾句不著邊際的話，又說：「好消息是，嬰兒的活動力忽然變強了，也出現初步落紅的跡象，如果持續下去，七十二小時內應該要生了，當然先決條件還是孕婦的身體能撐住這七十二小時……」

她當然能撐下去，在傳承裡那麼多年她都撐過了，講話的到底是誰，什麼都不懂……

世界再度歸於寧靜，如初感覺到外面有點亮。雖然眼皮無比沉重，但她努力了好幾次，終於再度張開眼睛。

白色枕套的荷葉邊映入眼簾，雖然視線略爲模糊，但無庸置疑，這是她的家，無數次做夢都想回去的地方。

這會不會只是一場夢？

如初忽然害怕了起來。會不會只要醒過來，她還是孤伶伶一個人，被遺忘在傳承深處的本源之樹上，永遠徘徊在生死之際？

有人從後方伸手抱住她，如初張開嘴片刻，小小聲問：「蕭練？」

如果是夢，問完，夢也該醒了。

然而身後那人並未消失，反而將她抱得更緊些，又開口：「妳感覺怎麼樣？」

雖然連轉個脖子都費力，如初還是忍著痛伸出一隻手，握住抱著她的手，重複問：「蕭練？」

「對。」他終於察覺到如初情緒不對，忙繞到床的另一邊，用額頭抵住她，又說：「是我，妳怎麼了？」

「我……」

如初費力地移動視線，用幾乎可以說是貪婪的目光環顧眼前的一切，緊接著，她忽然想起了什麼，顫抖著舉起手按在肚子上。

突起的弧度雖陌生卻令人欣喜，她試著發聲問：「寶寶……」

砰砰。

兩聲異常微弱的心跳，在如初耳朵邊響起。她半張著嘴，睽違已久的眼淚，一滴一滴，跌落至枕面。

蕭練在她耳畔低語著，他身後的窗外，熟悉的街燈正一盞接著一盞點燃，風輕輕吹拂著窗簾。

她真的回來了？

蕭練伸出手摸摸她的臉，這樣子的他如初已經很久沒見過了。她於是也伸出手，放在他的臉頰上，同時暗自在心底數數，一二三四、一二三四……

場景沒有霧化，也未曾生出一股力量將她推出去，她呆呆地注視蕭練片刻，突然開口問：「真的是你？」

她的聲音嘶啞，帶著一種許多年未曾跟人交談似地遲滯感，蕭練怔了怔，握緊她的手，只說：「是我，我在這裡。」

如初嘴角才揚起，便痛得又咬緊了嘴脣。她下意識維持傳承裡養成的習慣，再痛都忍著不出聲。蕭練卻在第一時間發現不對，他飛快出門，端來了一碗熱騰騰的湯藥跟一瓶金砂，將藥捧到如初的嘴邊。

上次喝中藥好像是上輩子的事了，許久未曾進食，如初根本忘了該怎麼吃東西。所幸身體肌肉還保有記憶，她張開嘴，喝了一口，喉嚨便自動吞嚥。直到將苦到令人舌頭發麻的藥湯都送進胃裡之後，如初才舔舔嘴脣，發出一聲感嘆：「眞的……」

她回來了，就連舌頭上的苦味，也如此眞實。

接下來的幾個小時，如初一邊重新習慣自己的身體，一邊從蕭練口中得知，從車禍發生到現在，現實世界才過去不到七天，她身上有多處擦撞傷，內臟出血，膝蓋骨折，心跳曾經一度歸零……

「我知道了。」

所有壞消息都無法撼動如初。她面不改色地將空碗放到桌上，接著抓起裝著金砂的玻璃瓶，倒了一小撮在掌心。

金砂的效用她還有印象，扛起渾身的痛楚，如初滿心期待地閉上眼睛，等著身體好轉。過了半晌，她面無表情地睜開眼，只見手上的金砂還是金砂，光芒並未如以前般吸收後便黯淡下來，同時，她的身體也沒感覺到任何好轉。

「金砂沒用了？」她轉向蕭練問。

「對，從昨晚起……」

蕭綀打住。如初太過平靜，眼底的擔憂只一閃而逝，隨即消散，整個人透露出一股冷漠，面對生死毫不動容，就像那些歷經過無數戰亂生存下來的戰士，就像……他。

這樣的如初跟車禍前的她根本判若兩人。蕭綀壓下心底異樣的感受，將手放在她的小腹上，過了片刻，低聲問：「妳感覺到陣痛了沒有？」

「陣痛？」那是什麼？

如初愣了好一會兒，才從記憶深處挖出車禍前學到的產前健康知識。她抱著陌生的身體感受了一下，神色一變，臉上終於出現驚惶。

「好像是……現在怎麼辦？」她問。

握著她的手力道加大，蕭綀再問：「妳還能跟寶寶溝通嗎？」

如初在心裡試著呼喚寶寶，然而響在耳際的心跳聲卻益發微弱，她半張著嘴，朝蕭綀搖頭：「不太能，寶寶怎麼了？」

「應該沒事，醫生幫你把過脈。」蕭綀掃過她的小腹一眼，簡單向如初解釋：「我們猜測，之前妳之所以能吸收金砂的能量，主要靠寶寶。如今他要準備出來，跟母體開始失去聯繫，金砂也因此失效。」

雖然心亂如麻，如初還是迅速抓到重點。她問：「我要生了？」

「對。」蕭綀頓了頓，又說：「想活下來，就學習控制本性。」

後半段蕭綀的語氣一躍變得冷淡異常。如初愕然抬眼，這才發現他已經站直了，正居高臨下垂頭盯著她的小腹，又說：「我知道你無論如何都能活下來，我要救的是你媽媽，她很虛弱。從現在起，無論發生任何事，不准用異能，不准吸收她的能量。」

如初看看蕭練又看自己的肚子，不太確定地問：「你在跟寶寶講話？」

聯手對付王鉞那次，讓蕭練確信寶寶可以和外界溝通。他彎下腰，幫如初將汗濕了黏在前額上的髮絲撥到腦後，用跟方才截然不同的溫柔語氣，對如初說：「他聽得懂，幾天前可以，現在必然也行，只不過妳一醒來他就又開始耍賴皮而已，畢竟習慣了隨心所欲，自私自利。」

如初搖了搖頭，還欲爭辯，就見蕭練用食指點在她的嘴脣上，看著她又說：「我們請到一個醫生，正在路上，等下試試看，好不好？」

「有醫生能醫我？」如初脫口問。

蕭練眼神飄了飄，回答：「巫醫。」

叩叩叩，含光推門而入，後頭跟著一名青年，頂著刺蝟般的衝天短髮，一身皮衣。

「司計霜，亞醜族族長，刑名王鉞就是在他手底下醫好的。」含光如此對如初介紹。

如初早在傳承的過往裡看過司計霜，知道這位族長雖然頂著個胡作非爲性格惡劣的名聲，但其實頗有原則，出手更是相當有分寸。

她朝他頷首致意，語氣不由得帶出幾分熟稔：「司族長，幸會。」

司計霜雙手插在褲子口袋，吊兒郎當地走到她床前，伸手一招，九根金燦燦長短粗細各不相同的針灸針赫然出現在半空中，繞著她的身體圍成一圈，針尖悉數瞄準全身重要穴道。

司計霜咧開嘴，朝如初一笑。同一時間，每根金針都朝如初逼近了一段距離。

如果這是下馬威，那對如初顯然完全無用。她環顧著這九根針，點點頭說：「神農氏嘗百藥、制九針，你的本體是九根砭針？」

「妳聽過？」司計霜眼睛裡閃出一絲好奇。

「我看過。」在傳承，她見到了這套針的完整出爐過程。

身上疼痛又開始加劇，如初喘了口氣，看著眼前的針帶點感慨又補充：「鑄造出這套針的巫醫性格很跳脫，治病的方法異想天開，生前毀譽參半，死後倒是收穫了所有人的懷念。」

她抬起眼，打量司計霜一下，說：「跟你有點像。」

「……妳懂得倒挺多。」

眼前的病人氣質太過特異，不像他見過的任何一名傳承者，令司計霜有些不解。他收斂起嘻皮笑臉的態度，從懷中取出一塊絲帕，攤平在床上，又朝金針招招手，停在半空中的針立即刷刷刷飛了回來，一根根乖乖平躺在帕子上。

司計霜捻起最粗的一根針，放到如初眼前，又說：「我的異能是用本體針將對方的傷移轉到自己身上，施針順序跟中醫差不多，先淺刺洩熱，再按脈候氣、扶正祛邪，最後一針放血……這些，你也都在傳承裡看巫醫做過？」

如初點點頭。司計霜指指帕子上的針，說：「那好，我也不用解釋了，總共九針，每一針都需要刺進穴道裡，動到任何一根針，前功盡棄，妳能做到不動？」

她當然可以，但寶寶未必。如初雙手放在小腹上，考慮了片刻，忽地伸出手，朝蕭練說：「幫我。」

蕭練一點頭，宵練劍頓時出現在她手中。又一陣痛楚自腹部傳來，如初不自覺握緊劍柄，只覺得自己的心意彷彿能順著劍柄延伸了出去，再傳達回來的，卻是一股堅定的意念，好像在對她說，我會守護妳。

想起以前宵練劍對她不冷不熱的觀望態度，如初不禁在心底莞爾。原來，即便化形成人的蕭練愛上了她，他的本體劍卻始終在等她完成工作，才肯承認她。

蕭練的一手落在她的肩頭，如初翹起嘴角，對司計霜點點頭，說：「可以開始了。」

這份互動落在司計霜眼中，讓他平添三分疑慮。司計霜瞇了瞇眼，緊接著，一根針飛起，繞到如初腦後，緩緩刺下。

針沒入肌膚的那一瞬間，如初只覺毛骨悚然，身體內部傳來一陣掙扎的力道，幾乎要將金針打出體外，但手中宵練劍的劍氣立刻穩穩壓制住了體內的力量，寶寶顯然被壓制得很不開心，一股委屈的心情油然而生……

「乖喔。」如初抓緊劍，在心底輕聲哄著寶寶。

司計霜饒有興味地打量了幾眼氣勢洶洶的宵練劍，才轉向如初問：「感覺如何，能撐下去？」

「可以。」如初毫不猶豫。

司計霜再瞇瞇眼，才說：「那不錯，妳放鬆一下，好了我就繼續。」

如初做了幾個深呼吸後，朝司計霜點點頭。他一揮手，第二、三、四根針依序刺下，如初感到腹部的疼痛似乎有減緩的趨勢，但也不明顯。但當第五根針飛到空中，筆直刺進頭頂正上方的穴道時，如初胸口猛然一鬆，原本被大石頭壓住的感覺頓時不見了，而司計霜臉色一變，捂著嘴低聲咳了起來。

她的傷勢眞被轉移了？

如初震驚地看向司計霜，對方也不知怎地竟也一臉驚訝，兩人對視片刻，司計霜咳了幾聲後擺擺手，問：「我撐得下去，妳怎麼樣？」

「我可以。」如初握緊劍柄，又說：「請繼續。」

剩下四根針，一根接著一根刺下去，每多刺下一根，如初便感受疼痛從體內被拔除了一分。等到最後一根針，她低下頭，看見自己被撞到骨折的膝蓋竟以肉眼可見的速度消腫……

「我可以伸直腳了！」她脫口而出，九根針同時發出亮光，一閃後不見影蹤。

司計霜痛哼一聲，搖搖擺擺地站起身，扶著床柱，喘息片刻，對如初說：「伸手。」

她以爲還要治療，忙伸出一隻手，孰料司計霜卻用中醫的手法把了一回脈，認認眞眞地開出了一個安神養身的方子，交代她好好休息，然後丟了個眼神給蕭練，便一瘸一拐地往門外走去。

蕭練站過來跟如初說：「我送族長出去，妳有什麼需要的儘管講，等下我順便帶回來……初初？」

見她沒回答，蕭練彎下腰，這才發現只不過幾句話的功夫，如初竟然睡著了。大約是疼痛降低後人一放鬆，終於能夠好好休息。

蕭練拉過毯子將如初蓋上，接著便跟司計霜一起離開公寓。途中兩人一句話也不交談，各自埋頭趕路，穿過附近停車場，並肩走進一間咖啡廳。

殷含光在治療到一半便離開，此時就坐在角落的位置，看見蕭練一臉凝重，亞醜族族長雙眼發亮，他眼皮不禁跳了跳，問：「如何？」

「我能轉移掉她的大部分傷勢。」司計霜落座，吹了聲口哨，又說：「有趣吧？」

他的異能，從來就只能對化形者發揮作用。

含光轉向蕭練，眼神急切，蕭練自顧自拉開椅子坐下來，面對窗外明媚的陽光怔了片刻，輕輕說：「結契？」

「什麼意思？」司計霜皺起眉。

「對你有什麼影響？」含光急問。

如初自昏迷中睜開雙眼的那一幕晃過蕭練眼前，那瞬間的心靈相通，他心甘情願地交出了自我，在意識清醒的情況下失去人形，回歸本體……

這就是結契？

但之後也不曾再度發生了，更何況，他所期待的，結契後與她生死與共、傷病同分擔一事，並未發生。

想到這裡，蕭練的心沉了下來。他對含光搖搖頭，說：「也許不是，起碼我沒能幫上她半分。」

含光皺起眉，司計霜抓抓頭，大惑不解地問：「那是怎樣？我醫術能擴張到人類身上去了？」

想到離開前如初昏睡的臉，嘴脣慘白到沒有絲毫血色，蕭練完全沒心情回應司計霜，他對含光說：「我得回去陪她，先走了。」

「等一下。」含光一隻手按下蕭練，轉向司計霜，問：「司族長，你接生過沒有？」

司計霜一口咖啡當場噴出來。他用驚悚的眼神看向含光，還沒抗議，只見含光抽出手機，點了幾下，又說：「診金加倍，錢已匯進你戶頭。」

「等等，我就算能夠醫治人類，接生這個還是需要有經驗才行啊。你也不能叫心臟科醫生直接轉成婦產科……」司計霜一邊抗議一邊抽出手機查詢戶頭新進的款項，等看到那一串零之後，他滿臉複雜地收起手機，揉了揉鼻子說：「醜話先說在前面，我盡力而爲，不保證成功。」

「當然，你慢用，我們先行一步。」

含光跟著蕭練一起離開，司計霜朝杯子裡丟了幾塊方糖，用小湯匙攪了攪，拿起小湯匙像棒棒糖似地含在嘴裡片刻，忽然自得其樂地笑了起來。

笑著笑著，他抽出手機，發送了一則訊息。

才睡著沒多久，如初便又醒了過來。

痛醒的。下腹不斷抽痛，眼前則一陣一陣發黑，除了痛，剩下的感覺就是冷，嘴裡吐出的氣息化做一道道白霧，消散在空氣中。

一雙強而有力的臂膀抱緊了她。如初定了定神，還沒來得及再度開口，視線忽地被床旁邊的異象吸住。

一縷帶著塵沙質感的金色煙霧自梳妝檯的抽屜裡緩緩散出，飄向窗外。

蕭練走過去拉開抽屜，如初於是看到，原本凝實的青銅葉片，像蒸發似地一點點消散在空氣中，不見蹤影。

雖然沒感受到任何危險，蕭練依然迅速回到她身邊，擺出警戒姿態。如初靠在他肩膀上，沉默了好一會兒，忽地說：「我應該快要生了。」

如果她猜得沒錯，這片青銅葉所代表的合約，已回到傳承，取代山長的那一片葉子，高掛在本源之樹的枝頭。

過去與現在，終於完成一個閉環。

只剩下一個問題：她的生命，是否也即將走到盡頭？

山長說過，傳承，從不誤判生死。

她的語氣裡蘊含了一種奇異的鎮定，蕭練才覺得不祥，便聽如初繼續說：「你答應我，如果、如果我不在了，不要去找我。」

「……我可以去哪裡找妳？」

「傳承，你明知故問。」疼痛開始變強、頻率也變密，如初用盡力氣抓住蕭練，艱難地又說：「我會成爲山長，但是你、我不知道你進來會變成什麼。」

「我能變成什麼？」他含笑問。

想到那條金砂構成的河流，如初用力搖著頭：「有可能什麼都不記得，不光不記得我，而是所有記憶全部都沒有……」

蕭練的神色如常，如初赫然發現，他似乎早已下定了某種決心，而她並沒有能力改變。

「你會變成不是你了。」這是她最後的努力。

「但也有可能，我會找到妳。」他反手抱住她：「妳要做什麼，我不阻止，所以我要做什麼，妳也別擔心，好不好？」

一牆之隔，客廳燈火通明，殷含光、殷承影、杜長風、夏鼎鼎，以及一臉呆滯的司計霜，統統站在門外。

「我再試試？」杜長風以探詢的語氣發問。

無人回應，他於是伸手，推門，門被推開一條小縫，隨即砰地一聲，在他面前被關緊。

「根本進不去。」承影攤手，再問：「現在怎麼樣，我們總得把司族長給送進去吧？」

「別。」司計霜後退一步，滿臉驚恐：「我才不要進去找死。」

從剛剛那條小縫裡透出的肅殺氣息，其凌厲是他數千年來所僅見，更可怕的是那道氣息裡蘊含的兵器種類十分駁雜，他只能辨識出蕭練的劍陣，但爲什麼還有其他？

一小時前如初陣痛開始發作，他們得知此一消息後便以最快速度集結。然而沒有用，如初的四周逐漸出現一個無形的力場，排斥除了蕭練以外的任何化形者，或是金屬物品。

眼看杜長風擺出了不管不顧硬要把他扔進房間的架式，司計霜再退一步，高舉雙手說：「我先說了，這種狀況，我進去了加九根金針一起攪和，未必有好處，不如他們一家子自行解決。」

杜長風猶豫地放下手，殷含光陰沉著一張臉，擺弄之前架設好的紅外線熱像儀。承影走到含光身邊，指著螢幕上兩個淺綠帶黃色的人影問：「如初的體溫還在往下降？」

「對，現在是二十九度C。」含光答。

承影瞄了一眼掛在牆上的溫度計，喃喃說：「快跟氣溫差不多了。」

房間裡，如初一邊按著記憶裡婦產科醫生的吩咐，用胸式呼吸法吸氣吐氣，一邊抓緊蕭練的手，問：「對了，承影有沒有把遺囑給你？那是我之前寫的，我後來、覺得，寫太多了，你不用看……」

上次醒來後，她感覺不到寶寶的心跳，如今，她連自己的心跳也感覺不到了。

害怕嗎？坦白說，並不會。

她只是非常遺憾，遺憾不能夠陪伴寶寶長大，遺憾這麼快就又要離開蕭練。

相較之下，蕭練顯得異常平靜。他將另一隻手放在她的肚子上，垂下眼答：「好。」

「啊？」這麼好說話，如初有點不敢相信。

「反正我也不想看。無論妳去哪，找到妳就是了。」

如初心一驚，勉強抬起頭，卻只能看到蕭練的面容藏在陰影裡。

他的語氣太過堅決，如初不想爭辯，再深吸一口氣，她索性換了個話題，說：「我們還沒幫寶寶取名字。」

「現在取，妳想取什麼？」

「好難喔……」她想了百來年呢。

如初努力地朝蕭練笑笑，說：「我本來想說，他只要能平平安安長大就好，所以名字不是平就是安。可是我後來又想，萬一他不要呢？他還沒出生呢，個性就那麼強了，萬一他就是喜歡冒險，就是要征服星辰大海呢？」

講到一半，她就已經痛到眼睛都模糊了，不知道自己在講些什麼，更不知道自何時起，她的手已經失去了力氣，緩緩垂下，無法握住蕭練。

「那就隨他去，自己取名。」蕭練俯下身，用盡全力抱住如初。

而在門外，含光與承影看著熱像儀裡忽然消失的人像，一齊變了臉色。

「可以這樣嗎……」她喃喃。

熟悉的心跳、情緒、生命，統統自體內流失，世界突然變得很安靜，身體彷彿往上飄了起來，感受不到重力也觸不到任何東西，整個宇宙只剩下一縷金屬的氣息縈繞在鼻端，尖銳冷冽，是她從小就熟悉的氣息……

黎明破曉之際，一聲嘹亮的嬰兒哭喊，劃破了寧靜。

15. 她最喜歡做自己

睜開眼睛的那一剎那，如初驟然發現世界變得非常清晰。

她原本就沒有近視，但如今居然能看到一粒粒灰塵在空中懸浮飄盪，被單上的織花經緯縱橫，一條條線歷歷分明，地板上有一隻螞蟻，正揮動著觸角忙碌前進……

等等，這是在家裡，所以她還活著？

寶寶呢？

隨驚喜而來的第二個念頭躍進腦海，如初猛地坐起身，卻被一隻溫暖的手壓回去。

「寶寶很好，妳先休息。」蕭練站在床頭，含笑看著她，又說：「是個男生。」

像是回應他的話一般，鼎姐出現在門邊，她懷抱著淺藍色的襁褓，一邊輕輕搖晃著，一邊走到她床前，彎下腰。

襁褓裡有個紅通通的小嬰兒，蜷起身體睡得正酣，雖然比普通嬰兒小了一號，但看上去健康正常。

如初接過襁褓，也顧不得發問，急急拉起嬰兒的小手，開始數數：「一二三四五，六七八九十。」

鼎姐與蕭練交換了一個迷惑的眼神，如初把裹著嬰兒的小被子打開，抓起他小小的腳，繼續數：「一二三四五，六七八九十。」

「妳在幹麼？」夏鼎鼎忍不住發問。

「數指頭。我媽說她生下我之後，還有我外婆生下我媽之後，都數過……」

如初忽然住了嘴。即使外表都跟常人無異，也絕不表示寶寶跟普通人一樣。他的未來，是條完全未知的路，沒有人走過，沒有任何經驗可供參考。

是她，把他帶到這個世界上。

一滴淚落了下來，滴在寶寶臉頰上。他睜開了眼睛，警覺地感受了一圈周圍環境，最後將罪魁禍首定位在正抱著他的女人身上。接著，如初眼睜睜地看到她的第二滴眼淚，落在半空中就被反彈回去，像顆子彈般貼著她的頭部直直射入她身後的牆壁，在粉白的牆上留下一個小凹洞。

所有感傷瞬間消失。如初伸出手，摸了摸頭部肌膚，消化了一下剛剛掠過腦海的異樣訊息，這才抬起頭問：「寶寶的異能，是不是又有變化？」

蕭練抿著嘴，眼神複雜難懂，鼎姐憐惜地摸了摸寶寶，斟酌著開口：「也不算……」

「沒有變化。」蕭練接口，瞄了一眼嬰兒又說：「他的能力越來越清楚，就是操控金屬。至於到什麼程度，我問他幾次他都不肯講。」

「他才剛生下來啊！」如初立刻替寶寶喊冤。

「剛生下來就懂得操控妳淚水裡的金屬元素？有前途。」最後三個字蕭練講得咬牙切齒。他再看一眼一動也不動假裝睡著的嬰兒，冷笑了一聲。

氣氛不太好，鼎姐忙插進來對如初說：「妳知道的，我們一化形異能就固定了，接下來的時間都只是琢磨怎麼用，探索邊界，但寶寶……」她憐惜地看著嬰兒說：「他太不一樣了。」

「那怎麼辦？」如初緊張地問。

蕭練垂下眼，伸手接過寶寶，若無其事地說：「無妨。我們剛生出來的時候也一無所知，慢慢學就懂了。」

這句話一半對一半不對，化形成人的古物的確需要學習控制異能，但寶寶一出生就把異能用得很好，他需要學些別的，比方說，關於這個世界的常識。

顧慮到如初的接受度，夏鼎鼎眨眨眼，沒反駁蕭練。三個大人圍著寶寶又聊了幾句不著邊際的話之後，夏鼎鼎便告辭了，離開時體貼地關上房門，將空間留給新誕生的一家三口。

她一走，寶寶便將視線轉向蕭練。也不知父子二人是如何用冷冰冰的眼神互相溝通成功，總而言之，跟寶寶對看幾秒後，蕭練一臉嫌棄地將襁褓拎進早備妥的嬰兒床上，再將床推到窗邊。

月光透過紗窗，籠罩住這張小床。緊接著，如初震驚地看到在寶寶的四周，光線扭曲成一顆顆光點，跳躍著沒入寶寶的體內。

「這是他吸收能量的方式，跟我一樣。」蕭練頓了頓，裝作無意地問：「妳看得見？」

如初還處在震驚過後的恍惚中，她順著他的話點頭，蕭練沉默片刻，用委婉的語氣說：「寶寶有心跳，但很慢，體溫也比正常人低。」

聽他這麼一講，如初忽然意識到，就在剛剛，她竟覺得蕭練的手很溫暖……

她用手按上自己左胸，過了片刻，遲疑地說：「我沒有心跳了。」

蕭練等著她反應過來，等著她驚惶失措。然而如初只偏了偏頭，邊思考邊說：「體溫低還是可以上學吧？或者我們乾脆讓他在家自學，國小國中高中都考同等學力，大學的話只要不住校，應該不會出問題……」

她就這麼暢想著，認認真真地規劃起二十年後的生活，一副展望未來無限正面積極的態度，像極了之前的她，卻完美避開現在的所有異樣。蕭練鬆了一口氣，卻又不禁感到一點失落。

她還是不肯告訴他，她究竟出了什麼事。

「妳……有什麼想跟我說的嗎？」蕭練不禁開口問。

如初眨眨眼睛，嘴脣微張片刻後認真問：「我們真的不需要餵寶寶吃東西？」

蕭練瞄了眼正享受月光浴的嬰兒，說：「需要的話他會表達。」

「怎麼表達，他又不會講話。」如初掙扎著下床，走到嬰兒身邊，扶著欄杆彎下腰說：「寶寶我跟你說，覺得不舒服或者有需要就哭喔，哭是嬰兒最大的武器……」

喀拉，木製的欄杆在如初手中斷成好幾節，如初吞了一口口水，退後兩步，遠離嬰兒床乾笑著問蕭練：「這個、品質，好像有點問題……」

更有問題的是，她徒手捏碎了一節木頭，手掌心的皮膚卻完好光滑，連一根木刺都沒能傷到她。

愣了好一會兒後如初才意識到，木頭欄杆的碎屑可能也落進嬰兒床了，她驚呼一聲，撲了過去，只見床上毫無木屑痕跡，寶寶睜著一雙酷似蕭練的黑色大眼睛，神情在冰冷中帶著容忍與嫌棄……

寶寶嫌棄她了？

如初默默退後一步，蕭練拿垃圾桶接過如初手上的木屑，一邊輕柔地幫她拍去衣服上的碎屑，一邊無所謂地說：「他有異能，就算妳在他頭上撒刀子雨他都不會受傷。」

「雖然是真的但不要這樣講啦，寶寶不高興怎麼辦……」如初想了想，又走上前，緊張地伸出手摸了摸寶寶粉嫩的臉蛋，說：「好厲害，床被媽媽弄壞了，今晚先跟媽媽睡——」

「不需要。」蕭練打斷：「這樣睡沒問題。」

「不是，欄杆壞掉這樣他會掉下去。」如初立即抗議。

「掉下去就掉下去。不會撞壞地板，我實驗過，他能控制力道，不然妳看。」蕭練說著，抓起嬰兒就準備往地上砸。

如初大驚，一把搶了過來，聲音不自覺變尖銳：「什麼實驗，這種事情怎麼可以亂實驗！」

新手父母的爭辯持續了好一陣子，貌似激烈但實則刻意避開許多敏感問題。當晚，如初最後還是同意讓寶寶自己睡，因爲寶寶既需要吸收能量，又明顯不在乎嬰兒床有沒有護欄，而她也沒辦法將雙人床移到窗戶旁邊。

第二天醒過來，如初慢慢發現，眞正需要學習的是她自己！

視力變佳，力氣奇大，反應靈敏快捷不說，腦子裡還忽然增加了許多知識，像是第一次進傳承所感受到的，如今又來了一次，然而增加的數量卻是百倍。

焦頭爛額之餘，她不得不感謝，蕭應白（寶寶的名字）是個很好帶的小朋友。雖然剛出生時體型是正常嬰兒的一半大，但長得飛快，只經過一個多禮拜便跟人類的初生嬰兒差不多大小。而當如初開始緊張時，他的成長速度卻又放慢下來，等再過一個月後，他已跟正常剛出生的人類嬰兒尺寸完全一樣，外觀也一樣，五官輪廓都像爸爸，但兩頰卻跟媽媽類似，帶點嬰兒肥，肉乎乎地捏起來手感特別好，軟糯而有彈性。

沒外人在的時候他不哭不鬧還會側耳傾聽，顯然正努力學習與適應。但只要一出門，就能完全變身成一個普通的嬰兒，哼哼唧唧，吸指頭的模樣尤其可愛。唯一無法隱藏的是眼睛，純到不含一絲雜質的黑色，與人對視時像個漩渦，能把人吸進去。

如初拒絕思考這是怎麼回事，她要尊重孩子的隱私權，如果以後蕭應白想講，他會主動告訴媽媽的……是吧？

「他在模仿。」最後，還是由過來人的蕭練一語道破：「模仿普通人類，我們剛化形的時候都做過。」

「爲什麼？」如初問。

「本能判斷這樣最容易生存。」經過一個月的相處，蕭練落在寶寶身上的視線開始帶著點欣賞，他又說：「不過我們一化形就是成人了，旁邊有很多參考範例，他靠自己居然能想通，不簡單。」

「很聰明？」媽媽眼睛一亮。

「我懷疑他在妳懷孕的時候就開始學習，躲到最後一刻了才出來。」

完全不替她著想。

蕭練在心中加了這麼一句，同時瞪了蕭應白一眼。蕭應白抬了抬眼皮，回看蕭練的眼神七分不屑三分挑釁。如初對於日後的父子關係感到一絲憂慮，旋即又將其拋諸腦後，面對桌上的午餐輕輕嘆了口氣。

最近任何食物吃起來都發苦，這是怎麼回事？

門鈴聲響起，承影帶著麟兮上門，昨天約好的，大家一起帶蕭應白去公園散步。然而穿上外出服後，如初腦海裡忽地閃過一幅影像，她僵直片刻，轉向蕭練，說她改變主意了，好久沒獨處，想一個人待在家。

蕭練眼底的青色小火焰一閃而逝，他隨即沉靜地點頭，拉著一臉疑惑的承影，推上載有蕭應白的嬰兒推車走出門，麟兮搖著尾巴跟在後面，門開啓、門復闔上。

整間公寓忽地安靜了下來，如初上了樓，先進廚房燒了一壺熱水，接著心不在焉地按照記憶從櫃子裡翻出茶包，砌了一壺熱茶，再將茶端到客廳，落坐在一張椅子上。

手不自覺地握拳，注意到後又鬆開，她端起茶杯，低著頭凝視平靜的水面，在轉瞬間完成了心境切換，眼神頓時鋒利了起來。這時候如果有面鏡子放在如初面前，她會赫然發現，自己臉上的神情，跟過去百年來在傳承裡面對山長的時候，一模一樣。

大門傳來開啓的聲音，非常細微，但憑她現在的耳力，足以辨別。如初慢吞吞地喝了一口茶，眼角瞥見到一個不算熟悉的身影，走進廚房。

「果然是你。」如初緩緩放下茶杯，彷彿並不在意軒轅正舉起劍，瞄準她的心臟。

「妳知道我要過來？」軒轅皺起眉頭問，顯然有些意外。

答案是肯定的，但如初不願多解釋，她微微笑，說：「我不確定，但我知道鼎姐從來沒一次性畫出那麼多幅預見畫。然後我就想到，總共九幅預見畫，總有一幅該特別些。」

將微微發汗的掌心移到身後，如初朝軒轅問：「你第一次進來這裡，幫我們實現預見畫的時候，就想到了今天吧？」

「……我誠心希望過事情不至於演變成今天。」軒轅向前走了一步。

如初注視著他，說：「幸好是你，我一直怕是姜拓。」

無論誰來，都意味著他跟刑名王鉞合作已久，如果是姜拓，她沒法不懷疑姜尋，朋友已經夠少的了，如初不想再失去一個。

她講得誠心誠意，但聽在軒轅耳朵裡，卻另有一番解讀。他有點好笑地問：「蕭練跟我打了許多年，輸贏三七比，他三我七，妳卻覺得姜拓更難對付？」

「都不難對付。」如初冷冷回答。

其實她剛剛才意識到預見畫暗藏的玄機，此時故意模糊言詞，只為最後一次嘗試，企圖打消對方此次前來的用意……

是的，從軒轅跨進門的第一步起，如初便感受到了殺意。

軒轅想殺了她。

軒轅唔了一聲，再前進一步，說：「他們都離遠了。」

「他們？」如初想了想，反問：「你指蕭練跟蕭應白？」

「他生下來還沒多久吧，居然已經取好名字了？」軒轅閒話家常似地問：「這個名字有什麼意義？」

「他的姓，我的姓，最後一個字，來自傳承。」如初淡然回應。

「一切問題的根源。」軒轅嘆了口氣。

彷彿有默契似地，兩個人同時沉下臉，如初站起身，軒轅手腕轉了轉，又說：「從第一次見面起，我便不希望與妳爲敵。」

「拿劍指著我然後說這種話，眞是毫無說服力。」如初這麼回答，背在身後豎起手指，開始捏劍訣。

軒轅態度良好地點點頭，回答說：「我的劍能夠撕裂空間，因此，對上妳，若要一擊必勝，我會直接讓劍在妳體內出現，破胸而出，貫穿心臟。」

他雖然口裡這麼說，卻並未發動攻擊，眼前這個女人看上去渾身都是破綻，姿態卻貌似悠閒，這令軒轅起了警惕。

他頓了頓，又說：「給妳最後一次機會，解釋妳的存在……妳現在是什麼情況？」

「這還眞難解釋，因爲你根本缺乏基本知識，然後也沒有任何關於傳承的知識……」

反駁的話出口之後，如初才意識到自己口吻相當不客氣。沒辦法，在傳承裡，她連軒轅劍是怎麼鑄造出來的都看過好幾遍，早失去當年對軒轅的敬畏之心。

眨了眨眼睛，如初忽然想到什麼似地問：「可是我現在沒有心跳了，不確定心臟的功能是什麼，也不確定被刺穿之後是不是一定會死，這樣你還要來殺我？」

這話不知道哪裡刺激到軒轅，他瞳孔一縮，下一秒，軒轅劍劃破空間，瞬間出現在如初心臟位置處。

但他慢了，一秒前，如初瞳孔內淡青色小火焰一閃而逝，宵練劍瞬間出現在她腳下，載著她閃電般飛至窗前，避開了軒轅的第一招。

附近的小公園裡，蕭練瞳孔裡的火焰與如初同步出現，他整個人憑空消失，衣服跌落在地面，被承影眼明手快一把撈起來。承影左看右看，確認無人注意到，這才將衣服一股腦扔到麟兮身上，然後低頭問寶寶：「繼續散步，不用管你爹娘？」

寶寶吐出一個泡泡，用嫌棄的眼神看著承影。承影直起腰，推著嬰兒車繼續前進，嘴裡念念有詞：「眞不可愛，跟你爹一個德行……」

小公寓裡，軒轅劍飛回軒轅手裡，如初退後一步，十多柄宵練劍頓時在空中浮現，組成一個劍陣，四面八方將她嚴嚴密密護緊。

軒轅深深看向如初，正當如初以爲軒轅會嘲笑她喚出劍陣卻只會防守、不懂進攻時，就聽軒轅說：「果然，結契之後，人爲主，我爲僕。」

無語片刻，如初忍不住問：「這就是你想殺了我的理由？」

「我不能任妳把這套法則傳給世人。」軒轅正氣然凜然地丟出這麼一句，又問：「到現在妳還敢說，傳承對我們沒有惡意，傳承者是友非敵？」

「……無可奉告。」

劍陣在空中跳了跳，像在催促她別輕敵，如初對腳下的宵練劍點點頭，直起腰，換上備戰姿態。

眞相跟軒轅的想像有好大一段差距，她不是不能解釋，但對方顯然抱持極大成見，她又不可能帶他進傳承參觀。光憑嘴巴講講，即便邏輯嚴密，軒轅還是可以找到其他理由來支持他的立場。

更何況，誰敢保證，就算軒轅今天被說服了，過幾天就不會再來找她麻煩？還是將威脅徹底撲滅最保險。

護在她身前的劍陣驟然消失，如初從劍上走下來，握住騰空而起的宵練劍，不怎麼熟練地挽了劍花，將劍尖指向軒轅。

軒轅皺起眉頭看向如初說：「光憑這個架式，妳還不如讓蕭練化形出來跟我打，起碼有三分勝算。」

「不試試看怎麼知道呢。」如初鎮定地回：「來了。」

她舉起宵練劍，用稚嫩的手法歪歪斜斜刺了過來。力氣雖比普通人大上許多，但在軒轅眼裡，完全不夠看。

他分出一大半心神防備著是否有誰趁機埋伏偷襲，只用一小半心思應對如初，輕描淡寫地一個挑刺，宵練劍瞬間被擊飛至半空中。然而在同一時間，劍陣立即將軒轅包圍，數十隻劍四面八方狠狠朝軒轅刺了下去……

「蕭練沒告訴過妳？這招他對我玩過好幾次，都玩老了，唉……」

隨著軒轅的一聲嘆息，軒轅劍劍光大盛，切割空間的異能瞬間將劍陣原地絞碎。

如初被震得連連後退，看得出來雖盡力維持，但神色終於起了些慌張。她背抵住牆，不著痕跡地打量四周，像是在尋找下一個進攻、或者逃逸的機會。

這些小動作悉數落在軒轅眼中，但他並未貿然進攻，只手持長劍，神色凝重地向如初走過來，說：「下一招。」

軒轅劍再度舉起，但這一次，瞄準的是如初的眉心。

實現了。無論手勢、姿態以及所站的方位，都跟鼎姐的預見畫一般無二。

如初從來不信宿命，但此時此刻，一股無奈卻還是襲上心間。她慢慢舉起手中的宵練劍，不斷小規模轉換方位。

落在軒轅眼中，這是典型的新手錯誤，因爲不敢確定對手從何處攻擊，因此也不知從何抵抗起。儘管如此，他仍不敢掉以輕心，霎時間，軒轅劍劍光再度大盛，將如初整個人籠罩。軒轅先發動空間異能，緊接著他用盡全力將劍擲向如初，決意給予她最後致命一擊。

如初仰起頭，像獻祭般用脆弱的頸項迎向軒轅劍，然而劍尖在接觸到如初的那一刻，金屬碰撞的鏗然聲響起。同時間，軒轅臉色大變，不敢置信地摀住了後頸，緩緩跪倒在地……

「妳、妳能切斷我跟本體劍的聯繫？」他掙扎著昂起頭問。

「不能，我又沒有異能。」如初講的是實話，但她不期待軒轅相信。

軒轅也的確不信。他眼球急遽轉動，喃喃說：「蕭應白……妳吞噬了妳兒子的異能？妳生下他就是爲了這個！」

如初嘴巴張開、又閉攏，不知道是該先感嘆軒轅居然可以把她想得這麼糟糕，還是驚訝他居然只聽過一次就能記住蕭應白小朋友的名字……

算了，不重要。

如初轉頭問一路跟在她身邊飛過來的宵練劍：「計畫很成功……你也同意吧？」

劍身晃了晃，可能表示同意，也可能表示無語。

「……蕭練沒有被妳抹殺意識？」軒轅的視線落在宵練劍上，眼神充滿不可置信。

「我的婚姻誓詞裡沒有包括把另一半做成木偶來演戲……喔，不對，做成劍，也不對，他本來就是劍，啊，煩死，不跟你講了。」

跟講不通的人講到最後，就是自己會被搞到很暴躁。如初甩甩頭，氣呼呼地對漂浮在她身旁的宵練劍說：「我跟他無法溝通，現在怎麼辦？」

宵練劍直立在半空中，劍尖直指軒轅，發出凌厲的氣勢。

軒轅不爲所動地閉上眼，說：「成王敗寇，但你們只要不將我打到長眠，下一次——」

「下一次，我保證你不敢看不起傳承者。」

如初一把抓住宵練劍，劍勢驟然收斂。她冷冷看著軒轅說：「傳承訂下的規矩，山長可以自由使用她所修復或鑄造的物品，所以放心，我一定會好好修復你的。」

她反轉劍身，用力將宵練劍劍柄敲在軒轅後頸，軒轅帶著驚愕的神情，緩緩倒了下去，人形虛化，變成一柄劍，橫躺在地。

如初長長吐出一口氣，腳一軟，抱著宵練劍也坐倒在地。

裝模作樣非常累，不管能力多強，她還是喜歡做自己，勝過一切。

軒轅的氣勢之強，是她生平僅見，而粉碎空間的異能，也實實在在是個無可動搖的法則。若不是她曾在過去場景裡不只一次看過軒轅出招，若不是蕭練能與她心意相通，徹底發揮了一加一遠大於二的效果，若不是蕭應白願意與她異能共享，她可能、已經……

想到這裡，如初發現自己想不下去。

就算沒有任何外力幫助她，她也並不確定，軒轅眞能靠異能把她切成碎片。

她還是人類嗎？現在這樣，究竟算什麼呢？

16. 命中註定

如初發呆的時間並未太長。她抱著劍，將下巴抵在劍柄上仰起頭，雙目無神地盯著天花板看了一會兒，便忽地跳了起來，一把撈起懷中的宵練劍，小跑步走到主臥房。

將劍放在床上，用棉被蓋起來，又拉開抽屜找出一整套衣服塞進棉被，然後如初便轉過身，像做賊般地放輕腳步偷偷摸摸準備離開。然而就在她走到臥房門口時，一個熟悉的聲音自背後響起。

他說：「這就清楚解釋了，爲什麼在預見畫裡，明明妳身處險境，我人形卻不在妳身邊。」

如初硬著頭皮轉過身，看到蕭練已經套好長褲，正好整以暇地穿襯衫。

她忙點頭，接話說：「對呀對呀，其實你一直都在的嘛。」只不過回到本體，化身成劍與她並肩作戰。

蕭練扣上最後一顆釦子，雙手插口袋站在原地，問：「再問一次，妳有什麼要跟我說的？」

如初：「……」好兇，老公比剛剛的軒轅還要兇。

她安靜地走了過去，將頭靠在他的手臂上。蕭練垂下眼，默默看著她。過了片刻，如初受不了這個氣氛，只好主動開口，低聲說：「對不起……」

「爲什麼？」

「沒徵求你的同意，就把你變回原形？」

如初越講聲音越小，蕭練嗯了一聲，問：「如果不用我，單憑妳自己，能對付得了軒轅？」

如初眨眨眼睛，蕭練說：「那妳完全不需要爲這事道歉，我授權妳在緊急時刻，對我擁有無條件使用權。」他頓了頓，補充：「我，跟我的劍。」

「一樣的啊。」如初下意識補充，抬起頭迎上蕭練的眼睛，頓了頓，小聲說：「還有，結契……」

蕭練嗯了一聲，像是在鼓勵她說下去，如初想了想，遲疑地伸出手，向空中招了招，宵練劍隨即出現，繞著她旋轉了一圈，最後橫停在她腳邊。

「……爲什麼它停在這裡？」如初向蕭練詢問。她只是叫出劍而已，多餘的動作全是蕭練的意志驅動。

「配合，因爲妳的手勢看上去像在路邊叫計程車。」蕭練面無表情回答。

如初噗哧笑出聲，小心翼翼地踏上劍身，又想了想，對蕭練伸出一隻手，掌心向上，正是舞會裡男生邀請女生跳舞的手勢。

蕭練愣了一下才意識到，她在邀請他上劍！

化形千年，還是第一次遇到這種事，蕭練挑眉，握住如初的手跳上劍，長劍隨即升高，在暮色中飛出窗外。

直到鑽進雲層裡，確保不會被人看見之後，如初才鬆了一口氣，盤腿坐下來，用帶著歉意與迷惘的眼神朝蕭練望去。

「你應該有感覺，結契讓我與你共享了你本體的控制權……」

如初這麼說著，忽地往後一躺，整個人頓時頭下腳上栽了下去。蕭練臉色微變，腳下長劍剛往下飛了吋許，又復停住。

在他腳下，另一柄一模一樣的宵練劍帶著如初往上飛，飛到他身邊才打住。兩柄劍頭尾相反，平行靠在一起，如初跨前一步走到他所站的劍上，另一柄劍隨即消失不見。

她有點緊張地攤手，解釋：「我也能用你的異能：『劍化分身』了，噢，但要我去組個劍陣出來攻擊敵人還是不太行，不過你都說了，你剛開始也需要練習……」

「初初。」蕭練握住她的手，說：「我想知道的不是這些。」

如初低下頭，盯著自己的腳尖，以及腳尖下一團團不停流動的雲霧。蕭練再開口，問：「就我所知，在妳車禍清醒的那一刻，我們終於成功結契了，於妳而言亦是如此？」

如初遲疑地點了一下頭，蕭練又問：「結契之後，我們生死同享，禍福與共，所以妳活下來了，對不對？」

他還記得那一瞬間的心跳歸零，以及隨後她的清醒。

如初再度點頭，蕭練抓緊了她的手，繼續問：「那爲什麼妳之後會沒了心跳，妳現在、妳會不會……」忽然離開他，離開這個世界？

「因爲……法則。」

如初終於抬起了頭。蕭練的問題，也是她的疑惑，而他所恐懼的，更是與她完全重疊。但傳承裡百年的見聞，讓如初多了幾分線索。

仰頭望向漫天星辰，她眼前閃過的，卻是深藏在傳承深處，那片一望無際水面下的另一棵樹，每片葉子上所閃動的，零零星星的未來。

鼎姐所擁有的預見異能，便是由此而來，而她因爲修復過鼎姐，所以在成爲山長之後，她也可以借用鼎姐的異能，窺見些許未來。

「跟你之間的結契，把我拉出了傳承，也讓我避開了第一次死亡。」如初轉向蕭練，輕聲說：「但是，在傳承所預見的未來裡，我還是死了，死於生產——」

「既然已經結契成功，你生產過程中無論受到任何傷害，理當由我承擔，爲什麼不？」蕭練打斷她，震驚到瞳孔都微微縮起。

如初苦笑了一下，說：「因爲我有雙重合約啊——在跟你結契之前，我就登上了本源之樹。那項行動等於跟傳承宣告，我願意接受成爲山長的考驗，而且我還成功了，只是暫時沒跟傳承簽約，但對傳承來說，山長的合約效力等級高過結契，我猜，高過一切……」

她呼出一口氣，下結論：「抽屜裡那片青銅葉消散的當下，我就成爲山長了。」

「因此，跟我結契，也沒辦法保護妳？妳還是……必須回到傳承？」蕭練的聲音裡蘊藏了濃濃的痛楚。

如初的臉色忽然有些古怪，她不確定地搖了搖頭，說：「如果這樣的話，我應該早就要被拉回傳承裡去了，但也沒有……」

她說到一半，蕭練忽地踏前一步，狠狠抱住她，喃喃問：「那場車禍，妳究竟出了什麼事，就不能告訴我？」

如初僵了僵，這才意識到，朝夕相處，他早就看出來她的異常。

可是，該怎麼說？

今晚夜風習習，推送雲朵快速移動，才幾句話的時間，他們藏身的這朵雲已經飄到了森林公園正上方。遠方的水庫湖面如鏡，在月光照射下粼粼發光，正下方就是一大片的樹林，夜裡看不出色彩，但如初知道，只要旭日升起，便可見層林盡染，美如一幅油畫。

四年多前，就在腳底下的紅杉林裡，蕭練對她坦白了身分。

她那時候怎麼回答的？

她相信因果，相信努力會有收穫，相信老天既然讓他們相遇，就必定有祂的道理。

這些信念，如今還剩下幾分？

「我可以。」如初慢慢地開口，聲音帶著飄渺，一如眼前雲霧：「我可以說，如果你眞的想聽……」

「我想聽。」他無比堅決地抱住她。

於是如初開始訴說在傳承裡所發生的一切，本來還有些滯礙，但說著說著，卻越來越順，原本以爲將永遠埋葬在心底的經歷，在不經意間被提起，然後就打開了話匣子，沒完沒了說了下去。

蕭練安靜聆聽，偶爾發問，似乎也都著眼在無關痛癢的問題。比方說，當如初無意間講到，她因爲聽了某位歷史上的鑄劍大師強調，要先懂得如何用劍，才能鑄劍，因此特別去學劍術的時候，蕭練突然打岔，問：「妳跟誰學的劍法？」

「你先說我學得好不好？」如初反問。

「不好。起手勢跟我尤其像，但徒具形骸，缺乏神韻。」蕭練講得毫不客氣。

如初沒生氣，反而彎了彎嘴角，輕聲說：「就是跟你學的呀。」

許多片段畫面在腦海深處閃過，她又說：「偷偷摸摸學起來的。戰場上的你，行走江湖的你，跳進瀑布裡練劍的你……我看過很多很多個你。」

「爲了學劍？」他問。

她搖頭：「因爲想你。」

沉默再度降臨，但這一次，如初坦然了。她盤腿坐下，就著月光細細流連他鮮明的五官，眼底滿是眷戀。

過了好一會兒，她才主動開口，說：「我在傳承裡，過了很久很久很久，才出來。」

蕭練繼續沉默著，但神色並未顯露任何驚訝，如初假裝抗議：「你早就看出來了？」

「歲月即使不在軀殼上留紀錄，也會在靈魂留下痕跡。」蕭頓了頓，加一句：「我的經驗。」

如初失神片刻，喃喃說：「那我爸媽以後也會看得出來？」

「他們不會介意。」蕭練拉起如初的手，又問：「妳在傳承裡過了多久？」

「……超過百年吧。」她垂下眼不看他，快速地又說：「我知道我一定跟從前很不一樣，然後我也不知道什麼時候會被傳承拉進去，再也不能出來。所以、所以如果你需要一段時間重新適應，或者、甚至……重新考慮我們的婚姻，我、我可以理解——」

她的話被打斷了。

蕭練直接用一個粗暴的吻，堵得如初什麼都說不出來。脣齒交纏，等這個吻結束之後，才慢條斯理地半摟著她，伸手撥弄著她的頭髮。

「懲罰。」蕭練說。

嘴角在剛剛接吻時咬破了一小塊，但又飛快痊癒，只留下一點點痕跡。如初伸手摸了摸傷處，一臉迷惑：「爲什麼？」

蕭練看著她說：「初初，妳知不知道，兩心同，既要心跳頻率相同，也要心意相通。我不同意，妳沒辦法跟我結契。」

「你、同意了？」如初忍不住提高了聲音：「你知不知道你給我什麼樣的權力？結契那一瞬間，我甚至於可以抹殺掉你的意識，你不覺得那很恐怖？」

顯然，蕭練不覺得。

他有點好笑地看著她，說：「幾個月前，你跟我結婚的時候、不、更早之前，就在腳底下這片樹林子裡面，妳知道我是兵器化形成人，也知道我因爲禁制有時候會克制不住想殺人，妳不覺得那很恐怖？」

如初安靜了。她搖著頭，想講點什麼，卻又找不到論點駁斥蕭練。

他摸摸她的臉，問：「只能接受我對妳危險，不能接受妳對我也危險？」

「不是這樣。」如初啞了一下，才又說：「我也……不太能接受自己。」

回到現實之後，她想過假裝在傳承裡的歲月不存在，更努力回憶自己原本的樣子，努力回到原本的生活。但越是這麼做，就越可以感受到，她回不去了。

身軀依舊，但裡頭的那個靈魂已然蒼老，之前的那個應如初，早已不復存在。

想到這裡，如初忽然沮喪了起來：「我不敢跟爸媽視訊，不知道接下來要住哪裡，更不知道是不是可以繼續當修復師。原本擁有的一切，忽然間就、什麼都沒有了……你幹麼那樣看我？」

蕭練的表情很奇怪，像是好笑、又夾雜了不滿。

「我不算在妳『原本擁有的一切』裡面？」他慢吞吞問。

「噢……」

「噢。」他學她。

如初假裝自我反省：「好吧。我還有你，還多了蕭應白，也多了、嗯，可能很多時間……但就因爲這樣，我反而感覺，失去生活的重心——」

「那不錯。」

「啊？」

如初第一時間覺得蕭練在諷刺，但是她馬上否定了這個想法，因爲他看上去相當認眞……

「妳現在才遇到的問題，是我生命裡的常態，沒有方向，不確定未來，太多時間。」蕭練朝她伸出一隻手，掌心向上：「歡迎跟我一起困惑。」

如初躊躇地將手放在他的手上，問：「會解決嗎？」

他對她眨眨眼：「可以設立一個夠長期的目標，然後拚命去做，比方說，成爲世界之王、海賊之王，或者修復師之王？」

「爲什麼都要是什麼什麼之王？」如初狐疑問。

「因爲打敗別人這個目標夠明確，但戰勝自己……太難定義。」蕭練含笑說。

他的態度裡隱含著一種老手對新手的包容，令如初聯想到剛上班的第一天，面對新生活，她有太多需要學。好在，聊開之後，心裡頭的期待如今已隱隱壓過了焦慮……

她感覺到自己的手被握緊，蕭練慎重對她說：「讓妳一個人獨自掙扎百年，我非常心痛。」

他看進她的眼底，加上一句：「以後絕不會再發生。」

雖然她的心臟已不再會因爲喜怒哀樂而劇烈跳動，但這句話，依舊讓如初眼眶發紅。

孤獨無可避免，正如未來無法預言。但在奮戰的時候，能知道自己是被牽掛著的，無論如何，都幸福。

投桃報李，她告訴他：「我是你的半個鑄造者喔。」

「半個？」蕭練挑眉。

「嗯，我改良了火爐裡用的炭，讓溫度更高，我還不停偷偷跑去幫忙鍛造，每次大巫說此劍的鑄造過程『如有神助』的時候，我都躲在旁邊翻白眼，哪有神助，都我在幫忙的好不好，離開傳承前我還把劍上所有的紋樣都錘掉……」

話匣子一打開就沒完沒了，如初開始對蕭練解釋，她是如何一次次去找他，又是如何不被過去的他發現……

「果然，老街不是我們第一次相遇。」蕭練聽完，只做出這麼一個結論。

想起劍爐外那個安靜站立的身影，如初愣了一下，蕭練瞄著她，忽地問：「在傳承裡看到那麼多個我，妳最喜歡那一個？」

「統統喜歡，都是你啊。」

不假思索地立刻反應後，如初一抬頭，才發現蕭練眼神異常明亮，一副忍笑的模樣。

他用雙臂環住她，說：「我的生命經常失去方向，但從來沒失去過自我，妳應該要對自己有同樣信心。」

原來，這些日子裡她的不安，他都看在眼裡。

如初將頭埋在蕭練肩窩，喃喃說：「可是，現在我、我還能相信什麼？」

因果難辨，努力、有時候也未必會有收穫……

「妳起碼應該相信，我們的相遇，是命中註定。」

如初猛然抬頭，蕭練看著她，緩緩又說：「妳還應該相信，我很歡喜能將妳帶回這個世間，為此，付出任何代價，心甘情願。」

對看的兩雙眼睛裡，同時閃過一簇淡青色小火焰。

剎那間，萬物俱寂。

17. 關於傳承

燦爛的陽光下，一架飛機緩緩降落在跑道上。

如初坐在候機室的躺椅上，抱著保溫杯凝視窗外，忽然皺起眉頭——爲什麼她總感覺，這一幕似曾相識，而且預感不太好，等一下，等一下……

坐在她旁邊的蕭應白小朋友伸出手，拉了拉如初的衣服。蕭應白已經三歲半了，這不是他第一次搭飛機，按理來講應該不會緊張，但如初還是偏過頭，安撫地朝他笑笑。

緊接著，窗外的飛機滑出軌道，筆直朝他們衝了過來。

蕭練毫不遲疑地將她跟蕭應白摟在懷裡，轉身背對停機坪，用自己的身體護住一大一小。在他腳下，劍影隱約浮現，隨時準備將一家三口飛離危險區域。

如初繃緊身體，正想囑咐蕭應白小心，低下頭，卻看到兒子的瞳孔黑黝黝的，毫無施展異能的跡象……

千鈞一髮之際，飛機在草坪上停住，離撞進機場大廈只剩一個拳頭不到的距離。蕭練還抱著她們母子倆，如初卻鬆開了蕭應白。

「媽媽，沒事的，妳都看到了。」飛機停止之前，兒子仰起他白皙的臉蛋，小大人似地認真告訴她。

她知道他在說什麼。從傳承出來三年多，她總是不時能看到一些屬於未來的片段，次數有點過多，多到她慢慢開始懷疑，是否待在傳承的那些日子裡，無意間所瞥見水面下的影像，雖然理智沒有能力辨識，卻在腦海裡生了根，無法抹去。

但蕭應白怎麼知道的？

媽媽問完，小朋友皺起眉頭，一臉「這麼簡單的東西還要問我」的表情，回答說：「景象會閃現在妳瞳孔裡。」

「然後你都看得清楚？」如初追問。正常人的視力絕對無法捕捉到其他人瞳孔上稍縱即逝的影像。

「當然。」

如初輕輕抽了口氣，盯著他說：「你知道，這也不能跟其他人講喔。」

「當然。」蕭應白臉上的嫌棄更深了：「其他人又不懂，眞遇上懂的……那還能是個人嗎？」

兒子深刻的體悟，徹底讓母親陷入沉默。

幾天後，如初牽著蕭練的手漫步在不忘齋附近的河堤上，默默走了十幾分鐘之後，忽然冒出這麼一句話：「我想回傳承一趟。」

「回？」蕭練立即反問。

「嗯，眞要算起來，那裡不是家，卻是我住過最久、也是影響我最深的地方。」那是她所度過最孤寂的歲月，也是最喧囂的歲月。一個又一個時空裡，充滿了人與人之間的悲歡離合，但她註定了只能是個旁觀者。

「有很多事，非得回去徹底解決不可，不然我總感覺心不安。」如初用手蓋住眼睛，苦笑著喃喃說：「我離開得太倉促了，根本像丟下一個爛攤子就逃出來。也不曉得傳承變成什麼樣子，還有山長……這樣太不負責任。」

如初把傳承當成自己的責任一事，蕭練早已知悉。他知道勸不動，沉默片刻，只問：「爲什麼選現在？」

「我不確定進去之後會發生什麼事，但蕭應白現在……」如初花了點時間選擇字眼，最後決定毫無修飾實話實說：「他離開我，也能活下去。」

在蕭練心底，對兒子的嫌棄又增添三分——連媽媽都留不住，要他何用？

但這份心情絕對不能宣之於口，他於是問：「妳有沒有想過，把我帶進去對付山長？就像之前帶虎翼刀進去一樣。」

「可以嗎？」如初有點焦慮。

「不妨一試。」蕭練微笑，又說：「至於怎麼試，我也有點想法了……」

於是，數天後，如初與蕭練先一步飛離不忘齋，留下蕭應白小朋友在外婆家住上一段時間。這個安排無人反對，所謂隔代親，蕭應白跟蕭練氣場太過相似，父子之間互相看不順眼，小朋友也嫌棄媽媽囉嗦，倒是跟外公外婆一見如故，老小相處得非常融洽。

如初離開時蕭應白送她到機場，登機前他忽然拉住媽媽的衣服，面無表情地說：「來接我的時候記得帶點四方市特產的黃酒，霍叔叔愛喝，我也覺得不錯。」

霍叔叔就是霍封狼，蕭應白跟祝九、封狼都處得不錯。但如初顧不上這兩個傢伙是否教三歲的小朋友喝酒，她震驚地蹲下，問：「你看到我瞳孔裡有來接你的影像？」

「沒有。」蕭應白偏了偏頭，迷惑地問：「妳不打算來接我？」

「……我盡量。」如初伸手揉揉小朋友細軟的頭髮，輕聲說：「要乖乖的，等媽媽喔。」

蕭應白狐疑地看著她，最後只說：「會等。」

「也不用一直等……」如初自覺失言，忙補救：「可以出去玩，交些新朋友，這樣。」

「我跟鏡子約好一起去cosplay。」

「……交跟你年紀差不多的朋友！」

雖然付出了努力，但如初心裡也很清楚，她不可能改變兒子的社交圈。

懷著重重心思，她跟蕭練來到姜拓在新加坡擁有的酒店，作爲進入傳承前的落腳處。

躺在寬廣的大床上，如初將宵練劍平放在胸口，雙手握緊。她閉上眼睛，心裡默想著我要進傳承，忽覺身體一輕，再睜開眼時，她發現自己來到了……

不忘齋！

「怎麼會這樣？」太過驚訝之下，她忍不住嚷出聲。

緊接著，山長的聲音在門外響起，她說：「有什麼好奇怪的，這是妳的領域，妳在這方寸之地，擁有最高權柄。」

敲門聲響起，如初推開門，看到山長穿著一身淡雅的旗袍，站在門外。她的臉上畫有淡妝，頭髮也盤了起來，氣質優雅從容，乍看之下彷彿回到如初第一次見到她的模樣，但再多看兩眼便會發現，山長的身體略微透明，存在感也變低。

這情況大出如初意料之外，她呆了片刻，山長掃了屋內一眼，說：「妳不邀請我沒辦法進去。」

「喔，好，不好意思，請進，但要先脫鞋……」如初依著習慣講完一連串之後，才意識到這裡是傳承，她只要動動念頭，地上的灰塵變會瞬間消散。

但她也沒改變說詞，沉默看著山長費力脫掉了腳上精美的繡花鞋，慢慢踏進來，環顧四周後問：「這就是妳的修復室？」

「對，現在是半歇業狀態，不過等我念完研究所之後會重新開張……」

話講到一半又打住，如初看著山長，問：「妳還好嗎？」

山長看著她，不答反問：「妳呢？既不算活著，也不算死了？」

「生死是個很複雜的問題……而且我討厭這個問題，可以不要討論嗎？」

她的抗議未獲得任何尊重，山長毫不動容地說：「只有死者才能擔任山長。不然妳以爲我幹麼一感受到妳進傳承，就急著過來確定？」

「噢……」

場面比如初想像中要來得平和太多，她不知該如何接話，山長則繼續用冷淡卻並無敵意的眼神看著她……的腰。

如初順著山長的視線，然發現自己腰間配了一柄長劍——咦，她眞把宵練劍帶進來了？

下一秒，長劍幻化做千萬光點，光點凝聚成人形，束著髮冠身穿淡青色圓領窄袖袍衫的蕭練，原地出現。

他這個模樣，像是被下禁制前那個蕭練的成年版，容貌增添些許昳麗，態度更加從容不迫。

在場的兩名女性都驚訝地睜大眼睛，如初試著喊了他的名字，而山長則在訝異後迅速恢復平靜，對他點點頭說：「我是子微。」

蕭練依古禮朝她一拱手，答：「蕭練，彼釆蕭兮的蕭，練兵的練。幸會。」

聽到他這種說話方式，換如初緊張了，她站在一旁結結巴巴地朝蕭練問：「那個，你是，我的……」

「老公。」蕭練頭都不回地這麼答。

如初心滿意足地笑了，山長看看她又看看蕭練，意有所指地搖頭說：「難怪，我說她怎麼就是長不大，毛毛躁躁，原來你寵出來的。」

「心有依仗，天地自寬廣。」蕭練開口說了這一句後，轉向如初，又說：「受人之託，有幾句話需要請問山長，妳介意？」

「不介意啊，噢……」如初說完不介意才醒悟過來，磨磨蹭蹭地走到門邊，穿好鞋子又回頭說：「你們講完記得叫我。」

門被嚴嚴密密地關上。蕭練轉回頭，取出一張泛黃的宣紙，放在山長身旁的桌面。紙上用毛筆寫了兩個名字，一個是「子微」，一個是「子初」，字跡狂放不羈。山長看著看著，身體忽地微微顫抖了起來。

她低聲問：「……阿尋要你來問我的？」

「他沒有任何問題，只託我帶一句話。」蕭練想起前夜，姜尋站在高樓，俯瞰萬家燈火時無悲無喜的神情，忍不住在心中嘆了口氣，說：「他說，因君之故，沉吟至今。」

山長其中一隻眼睛，慢慢流下鮮紅色血淚。她怔怔地問：「他都知道了，全部？」

「我的猜測是，在妳離世之後，他察覺到有兩個妳存在，而在子初消逝之後，他想通了其中的關鍵。」

另一隻眼睛，也跟著流下血淚。山長拿起紙片，茫然問：「那他知不知道，他是我們能在這裡撐那麼久的原因？」「他難道就不想，再見我們一面？」

這兩句問話，山長的聲線一分為二，一個低沉一個高亢，但同樣哀鳴如杜鵑泣血。

然而蕭練不為所動地點了點頭，說：「就是太想了，因此，數十年前，他封印了自己的記憶。」

山長的身體瞬間僵硬，她努力地轉動著脖子，但顯然完全無法控制自己的動作，因此每動一下，關節都發出令人牙酸的喀拉喀拉聲響。

蕭練緊緊盯著，看到山長的雙眼漸漸失去神采，身體則迅速化成灰燼。

門碰地一聲被拉開來，如初緊張地探進頭，問：「怎麼了，子微呢？」

剛剛忽然又是一大波知識湧進腦海，心裡頭同時感受到一份奇怪的責任感，彷彿原本被壓抑的力量忽然間解鎖，她終於知道該如何將葉片化作練習的場所，幫助修復師們進來學習。

從這一刻起，傳承賦予了她山長的全部責任，終於，她正式成為山長。

蕭練對她笑了笑，說：「受人之託，忠人之事。」

地上的灰慢慢變透明，如水滴蒸發後消失在空氣中一般，無影無蹤消散。整個過程寧靜和平。然而如初的心情卻無法平靜，她一走出去就發現，子微沒騙她，在自己的領域裡所發生過的事，她統統知道，因此蕭練與子微的對話，她也都聽得一清二楚——剛剛，子微就是在得知姜尋選擇封印記憶之後，才絕望到失去生存意志，但是……

「你爲什麼不告訴她後來姜尋的記憶恢復了？」如初問蕭練。

「我說了，受人之託，忠人之事。」

「姜尋，希望子微消失？」

如初不敢置信地用手摀住了嘴，蕭練點頭說：「對。」

如初放下手，忽然問：「剛剛山長說話的時候，你有沒有聽到兩個聲音？」

那會是子初的聲音嗎？她還殘留有意識存在？

「聽到了。」蕭練伸出手，牽起她，說：「剛剛的情況，傳承容許我完整告訴姜尋嗎？」

如初想了想，遲疑點頭：「沒有不行，但是……需要嗎？」

「姜尋沒挑明，不過我感覺，他愛上的是子微，卻對子初感到愧疚。」蕭練頓了頓，又說：「他第一個認識的是子初，卻對子微更加熟悉，他說，子微不適合寂寞。」

「這樣……」如初環顧四週，又問：「從進來開始，你聽到過第三個聲音沒有？」

蕭練果斷搖頭。兩人交換了一個心照不宣的眼神，那個在危急時曾經幫助過如初的聲音，即便在她成爲山長後，依然成謎。

在不忘齋裡繞了一圈後，他們手牽著手踏出門外，沒走幾步便被驟然升起的巨大葉形水幕給擋了下來。

如初停下腳，有點無奈地對蕭練說：「到頭了。」

她偏頭思考了一下，又說：「跨出去，應該就能回到眞實世界。」

「應該？」蕭練挑眉，又問：「需不需要我變回劍型？」

如初篤定地搖搖頭，忽地想起什麼，忙問：「爲什麼穿成這樣啊？」

「問妳。」蕭練回：「我感覺妳想要看到這樣，便給我安了這一身衣裳。」

如初才想說我沒有，便忽然發現，自從在青龍鎭看到過那個意氣風發的蕭練之後，潛意識裡她總希望蕭練從來沒被下過禁制，一直活得自由自在，銀鞍照白馬，颯沓如流星。

「那、你喜歡嗎？」她問。

「還不錯。」他灑脫地笑笑，說：「但若要我選，寧可挑更簡潔的穿。」

她還在替他擔心，但他已經不在乎了。

眼前有景象一閃而過，是她跟蕭練一起走進機場，而蕭應白拖著一個比他還小的女孩，衝過來大喊媽媽這個人迷路了……

那是未來的影像，所以蕭應白果眞交到了同年齡的朋友？

而他們倆，也平安離開傳承，回到了人間。

如初抬起頭，指著葉形水幕對蕭練說：「跨出去，就回家了。」

蕭練凝視著他們交握的手，問：「一起？」

「一起。」

跨出這一步，從此之後，生命亦將隨之改變。

—全文終

Eurasian Publishing Group
圓神出版事業機構
用心與你對話・視野無限寬廣
圓神出版社
Eurasian Press

www.booklife.com.tw reader@mail.eurasian.com.tw

圓神文叢 320

劍魂如初5最終回：共此時

作　　者／懷觀
發 行 人／簡志忠
出 版 者／圓神出版社有限公司
地　　址／臺北市南京東路四段50號6樓之1
電　　話／（02）2579-6600・2579-8800・2570-3939
傳　　真／（02）2579-0338・2577-3220・2570-3636
副 社 長／陳秋月
主　　編／賴真真
責任編輯／吳靜怡
校　　對／吳靜怡・尉遲佩文
美術編輯／林雅錚
行銷企畫／陳禹伶・朱智琳
印務統籌／劉鳳剛・高榮祥
監　　印／高榮祥
排　　版／陳采淇
經 銷 商／叩應股份有限公司
郵撥帳號／18707239
法律顧問／圓神出版事業機構法律顧問　蕭雄淋律師
印　　刷／國碩有限公司
2024年11月 初版

定價 340 元　ISBN 978-986-133-943-6

他爲了跟她在一起，做出的所有努力，付出的所有心意，她都看到了。那一刻，他們倆誰都沒想到，「海上生明月，天涯共此時」這句詩所描繪的情景，是離別。

——《劍魂如初5最終回：共此時》

國家圖書館出版品預行編目資料

劍魂如初5最終回：共此時／懷觀 著.
-- 初版. -- 臺北市：圓神出版社有限公司，2024.11
272 面；14.8×20.8公分. --（圓神文叢；320）

ISBN 978-986-133-943-6(平裝)

863.57　　113014263

如初

立繪繪師：Welkin

蕭練

立繪繪師：Welkin